AF235431

Klaus Zeh
Blutschande

Nur noch Wind, Wolken und Meer. In Ruhe an seinem Buch schreiben. Mehr wollte der ehemalige Sozialarbeiter Niklas Reinders nicht, als er an der irischen Küste einen Trailer erwirbt und nach zwanzig Jahren auf die Grüne Insel zurückkehrt.

Doch es kommt anders.

Die Begegnung mit einem scheuen und sonderbaren Mädchen lässt ihn nicht mehr los. Er stellt Fragen und gerät dabei immer tiefer in ein dunkles Familiengeheimnis.

Eine Begegnung, die ihn verändern wird.

Klaus Zeh, Jahrgang 1965, ist Schriftsteller, Musiker und Liedermacher. Er lebt in Reutlingen.

Der Autor hat sich schon seit Beginn seiner schriftstellerischen Tätigkeit gegen die Veröffentlichung im herkömmlichen Verlagswesen entschieden. Ihm ist es ein großes Anliegen, seine künstlerische Unabhängigkeit sowie die Rechte an seinen Werken zu behalten.

Alle Werke von Klaus Zeh sind auf der letzten Buchseite verzeichnet.

Klaus Zeh

Blutschande

Erzählung

Bibliographische Information der Deutschen Nationalbibliothek:
Die Deutsche Nationalbibliothek verzeichnet diese Publikation in der Deutschen National-
bibliographie; detaillierte bibliographische Daten sind im Internet über
http://dnb.d-nb.de abrufbar.
© 2021 Klaus Zeh
Herstellung und Verlag: BoD – Books on Demand, Norderstedt
Layout und Umschlaggestaltung: Adeline
Alle Rechte vorbehalten
ISBN: 9783753403489

Tu deinen Mund auf für die Stummen und für die Sache aller, die verlassen sind.
Tu deinen Mund auf und richte in Gerechtigkeit und schaffe Recht dem Elenden und Armen.

Sprüche 31,8

Vielleicht sinkt die klare Linie
einer Möwe
in uns
und verleiht
der verstörten Hand
nach Jahr und Tag
ruhigere Gewissheit.

Kajetan Kovic

Den Verstummten

Inishowen

Donegal.
Früher, als junger Mann, hat er zum ersten Mal von diesem Landstrich Irlands gehört.
Er sei im hohen Norden, hieß es.
Der nördlichste Punkt Irlands, an der Spitze der nördlichsten Landzunge.
„The most northerly point", hieß es.
Allerdings sei dieser nördlichste Punkt Irlands im Süden der Insel.

Das hatte Verwirrung ausgelöst.
Die freie Republik Irlands wird überall nur „The South" genannt.
Der Süden.
Das protestantische Nordirland dagegen „The North", obwohl es nicht so weit hoch in den Norden reicht wie der nördlichste Punkt Irlands, der im Süden liegt, in der „Freien Republik".
Da steckte schon Zündstoff drin, früher ...

Er hat seinen Ruhestand abgewartet. Seine Rente.
Nun ist er 65 Jahre alt und will an die 500 Gespräche sichten und lesen, die er im Laufe der letzten zehn Jahre geführt hat.
Und die Wichtigsten unter ihnen bearbeiten und gesammelt in einem Buch veröffentlichen.
Einen Verlag dafür hat er schon.

Zumindest gab es schon Vorgespräche.

Es wird nicht leicht werden, alle diese Gespräche zu lesen, sie auf diese Art noch einmal zu erleben. Noch einmal von den Schicksalen, Ängsten und Nöten dieser Kinder berührt zu werden. Vor allem aber von den Schicksalen der Kinder, die ihm vom Missbrauch an sich erzählt haben.

Schwierig wird wohl auch die Entscheidung werden, welche von ihnen in das Buch gelangen und welche er nicht mit aufnehmen wird.
Mit aufnehmen *kann*, da der Umfang des Buches vom Verlag schon so gut wie festgelegt ist.
Er möchte am Liebsten allen einen Platz und Gehör verschaffen.

Zu diesem Zweck hat er sich einen lange gehegten Traum erfüllt und ein Mobil Home in Irland gekauft.
Es steht, aufgebockt auf jeweils vier gleich hohen Steinfüßen, auf einem Campingplatz, in einer kleinen Bucht, in der Nähe von Malin Head, auf der Halbinsel Inishowen, der nördlichsten Halbinsel Irlands. (Die, wie wir wissen, allerdings noch im Süden liegt.) Im County Donegal.
In the south.

Ein Kollege, der aus gesundheitlichen Gründen nicht mehr reisen kann, hat ihm diesen Trailer verkauft, den er fünfzehn Jahre lang besaß. Er hatte versichert, dass es ein Privileg sei, gerade in diesem Trailer-Park, in dieser wundervollen Bucht, ein Mobile Home zu besitzen, er habe es damals einem Iren abgekauft, samt der Lizenz, dort stehen zu dürfen.

Anders wäre er selbst wohl nie in den Besitz eines Trailers in Irland gelangt, noch dazu in dieser exponierten Lage. Er ist dem Kollegen dankbar, dass er bei dem Verkauf zuerst an ihn gedacht hatte.

Wenn er als junger Bursche, oder auch noch etwas später, von Gewalttaten, Bombenanschlägen und Kriegseinsätzen in Nordirland gehört hatte, stellte er sich Irland als eine Insel vor, auf der es offenbar allerhand Abenteuer zu erleben gab.

Die rebellische IRA hatte es ihm angetan.

Und als dann auch noch Bobby Sands im Hungerstreik starb, schlug sein Herz für diese kämpfenden, leidenden, aufbegehrenden Iren noch höher.

Dies jedoch hatte er niemals jemandem erzählt.

Er hatte es stets für sich behalten.

Auch seine Wut auf England, diese verabscheuungswürdigen Kolonialisten, begleitete ihn zeitlebens.

Bis heute.

Über die Fahrt nach Irland lässt sich wenig sagen.

Außer vielleicht, dass es eine einzige Strapaze war, mit dem Auto aus dem Süden Deutschlands an die Küste im Norden Frankreichs zu fahren.

Noch dazu durch die Nacht.

1100 Kilometer.

Dies alles, um nachmittags gegen 17.00 Uhr mit der Fähre von Cherbourg nach Dublin zu schippern. Einen Abend, eine Nacht, und einen Morgen auf hoher See zu verbringen.

Er war noch immer nicht seefest, das hatte sich wieder einmal gezeigt.
Der verspeiste Fisch, samt den Pommes frites, wurden, über die Reling gebeugt, zu Fischfutter.

Von Dublin aus war es dann gut und gerne auch noch einmal eine Autofahrt von vier oder fünf Stunden bis Inishowen.
Wegen seines schmerzenden Rückens musste er eine Menge Pausen einlegen.
Das Besondere vielleicht, dass man jetzt links fahren muss.

Er hält für einen Einkauf in „Malin", einem kleinen schmucken Dorf mit einem rechteckigen von Bäumen umsäumten winzigen Park in der Dorfmitte, bevor es raus an die Küste geht, zum Trailer-Park und nach Malin Head.
Er ist sehr gespannt auf den Trailer, in dem er nun für die nächsten drei Monate leben wird, und der seit einer Woche sein Eigentum ist.
Es ist noch ein ganzes Stück bis dorthin.
Er fährt zu schnell für diese holprige Piste, fällt ihm auf. Hinten rechts gibt der Stoßdämpfer seltsame Geräusche von sich.
Wenn er seinen alten Volvo Kombi noch eine Weile fahren will, muss er hier wohl sein Tempo den miserablen Straßenverhältnissen anpassen.

Im linken Seitenfenster taucht ein breites und kilometerlanges Feld mit hohen Gräsern auf, das bis zum Meer hinabreicht, welches man jedoch nicht so recht ausmachen kann.

Lediglich als dünnen Streifen Opalblau zwischen dieser und der gegenüberliegenden Halbinsel.
Mannshohe Gräser verdecken die Sicht auf das Ufer.
Dennoch wirkt die Bucht immens.
Westlich der gegenüberliegenden Halbinsel geht der unverstellte Blick hinaus aufs offene Meer.

Er ist froh über die Sonne und das helle Licht an diesem Nachmittag.
Am westlichen Himmel steht sie noch hoch.
Der Atlantik funkelt silbern vom gleißenden Licht.
Ein irrwitziges herrliches Funkeln, dort, wo das opalblaue Wasser das Licht reflektiert.

Richtung Head steigt die Straße an, wird hügelig.
Einsame Cottages und Farmhäuser liegen rechts der Straße verstreut und vereinsamt auf endlosen, kargen und steinigen Wiesen – inmitten einer weitläufigen Hügel- und Felderlandschaft, die bis ins Innere der Halbinsel reicht.
Als er sein Ziel erreicht, ist er nicht wenig erstaunt.

In der kleinen malerischen Bucht stehen nur sieben Trailer.
Einer unter ihnen ist der Seinige.
Vermutlich der Heruntergekommenste, denkt er grinsend.
Wenig Nachbarschaft, sagt er sich, und ist sich im Moment gar nicht so sicher, ob ihm diese handverlese Gesellschaft, zu der er von nun an gehören wird, überhaupt gefällt.
Aber vielleicht hat es ja auch etwas Gutes, tröstet er sich.

Er parkt den Kombi seitlich, oben an der Straße, neben dem Pub und wundert sich über die seltsam giftgrüne Fassade der Kneipe und geht die wenigen Schritte zu den Trailern zu Fuß hinunter in die Bucht.
Von jedem Trailer aus genießt man den freien Blick aufs Meer.
Die Sonne scheint ihm wärmend in den Rücken.

Der Sandstrand, der zu beiden Seiten der winzigen Bucht von kleineren Felsen eingerahmt ist, schimmert im Nachmittagslicht wie helles Ocker. Er reicht hinab bis ans flache Ufer.
Der Ufersaum ist schmal und seicht, wirkt freundlich.
Einladend, denkt er.
Fast wie ein Kinderspielplatz.
Drüben, am nahen Pier, hantieren eine Handvoll Fischer auf ihren Kuttern mit Netzen herum.

Die Trailer stehen mit ausreichendem Abstand zum Nächsten auf dem einzigen Grünstreifen, den es hier unten gibt, in einer halbmondförmigen Reihe und blicken mit den Stirnseitenfenstern zum Meer.
Die Wellen, die angespült werden, versickern sofort am Ufersaum, so zahm sind sie.
Und tatsächlich, eine Handvoll Kinder spielen lachend am seichten Ufer mit Muscheln und Eimern, oder plantschen am Wassersaum.

Sofort erkennt er seinen Trailer an der orangefarbenen Türe.
Die spielenden Kinder bemerken ihn nicht.
Allerdings schauen die wenigen Erwachsenen, die vor ihren Trailern stehen und miteinander reden, neugie-

rig, wenn nicht sogar misstrauisch auf, als er, der Fremde, in die Bucht marschiert.

Er begrüßt sie lächelnd, geht direkt auf sie zu und stellt sich vor.
Bemüht, freundlich zu wirken, erzählt er ihnen, dass der frühere Besitzer ihm den Trailer verkauft habe.
Er kramt den Kaufvertrag aus seiner Hosentasche hervor, um seine Aussage zu bekräftigen, doch sie winken lächelnd ab und meinen, dass er auch so herzlich Willkommen sei.

Ein Mann um die Fünfzig, der sich ihm als Dave vorstellt, erklärt, dass er, um Gasflaschen für den Trailer zu kaufen, nach Carn ins Einkaufzentrum fahren müsse.
Eine Frau in den Vierzigern, offenbar Daves Frau (sagt, sie heiße Catherine) erklärt, dass der Name der kleinen Stadt eigentlich Carndonagh wäre, sie aber von allen nur Carn genannt werde.

Er wird gefragt, womit er seine Zeit hier auf Inishowen verbringen wolle und erzählt, dass er vorhabe, ein Buch zu schreiben.
Ein Dichter?, ruft ein Mann, etwa in seinem Alter, überrascht aus.
Nein, Dichter sei er leider keiner, er war bis vor Kurzem eine Art Sozialarbeiter und möchte den wichtigsten Teil seiner Arbeit nun in einem Buch festhalten.
Alle blicken ihn erstaunt an.

Er erklärt, das höre sich hochtrabender an, als es ist, er möchte nur die Arbeit der letzten zehn Jahre dokumentieren und festhalten, für sich, die Nachwelt, und die Betroffenen, die ihm in vielen Gesprächen Dinge erzählt hatten, die nicht vergessen werden durften.

Erschrocken und beschämt hält er inne, verwundert, warum er das alles erzählt. Warum er plötzlich geschwätzig wie ein altes Waschweib wird.

Entschuldigend verabschiedet er sich und wendet sich zum Gehen um.

Dave ruft ihm nach, dass am Abend im Pub am Ende der Straße, an der Abzweigung zu Port Ronan, ein kleines Treffen stattfinde.

Er hält inne, wendet sich noch einmal um.

Die gesamte Trailer-Familie komme, erzählt Dave, ein paar Touristen, wenn es schon welche gäbe, und natürlich die Leute aus der Umgebung. Wenn er Lust habe, solle er auch dazustoßen. Außerdem sei es ein guter Zeitpunkt, sich allen vorzustellen. Es kämen auch die Besitzer der anderen Trailer, die allerdings noch nicht bleiben könnten, da ihre Urlaubszeit noch nicht begonnen habe.

Um Gottes Willen, denkt er, alles nur das nicht.

Sein Bedarf an menschlichen Kontakten und Begegnungen ist erst einmal gedeckt.

Wenn er ehrlich ist, interessiert er sich überhaupt nicht mehr für soziale Kontakte.

Er bedankt sich und meint beiläufig, er wolle mal sehen.

Ob er denn Bier trinke, ruft der Alte ihm nach.

Er macht mit dem Kopf eine Bewegung, die sowohl Ja als auch Nein bedeuten könnte und schließt schleunigst seinen Trailer auf.

Zu viel Nachbarschaft wird ihm nicht bekommen, denkt er sich.

Im Trailer geht es enger zu, als er vermutet hat.
Außerdem riecht es muffig und feucht und alles fühlt sich klamm an.
Die Fenster zum Meer reichen über die gesamte Stirnseite und sogar noch über die Ecken des Trailers. Zum Glück sind es bis zum Nachbar-Trailer gut und gerne sieben oder acht Meter.
Das ist ja fast wie alleine leben, denkt er lächelnd und zieht die Vorhänge zu, obwohl er eigentlich eher lüften sollte.

Die kleine Küchenzeile besteht aus zwei winzigen Herdplatten und einem ebenso winzigen Waschbecken, in dem man sich kaum beide Hände zur gleichen Zeit waschen kann.
Sein Trailer ist mit Sicherheit auch noch der Kleinste und am wenigsten Komfortabelste.
Eine neue Erfahrung, schmunzelt er.

Zur Straße gelegen (die wegen einer Düne im Rücken der Trailer nicht zu sehen ist) entdeckt er im hinteren Teil des Trailers eine Falttüre, hinter der sich das Schlafzimmer befindet. Mehr eine Kabine als ein Zimmer.
In diesem Fall nur ein Matratzenlager.
Auch hier zieht er die Vorhänge zu, anstatt das Fenster zu öffnen.
Das lässt sich auch noch später tun, denkt er, wenn die palavernden Nachbarn verschwunden sind. Am Ende

wird er noch von einem durch das offene Fenster angesprochen und muss weiter Konversation betreiben.

Im Gang zum Schlafbereich befindet sich hinter einer
äußerst schmalen, geschlossenen Türe die unangenehm riechende Toilette. Den Blick hinein erspart er
sich.
Im Wohnzimmer klammern sich eine Handvoll abge-
griffene Bücher aneinander, sodass sie nicht haltlos
von den über den seitlichen Fenstern angebrachten
Regalbrettern stürzen. Ihr Umkippen, bemerkt er
jetzt, verhindert ein bearbeiteter Amethyst, an den sie
gelehnt sind.
Lächelnd überfliegt er die Buchrücken.

Er will Tee kochen, doch der Herd funktioniert nicht.
Missmutig geht er nach draußen, bückt sich mit einem
Ächzen wegen seines schmerzenden Knies, blickt unter den Trailer, entdeckt aber nirgendwo eine Gasflasche.
Scheiße!, schimpft er.
Nicht gut, wenn die Gasflaschen so lange unbenutzt
unter den Mobiles stehen, sagt eine Stimme hinter
ihm.
Er muss sich Mühe geben, dieses Sing-Sang-Englisch
auf Anhieb zu verstehen.

Der Alte steht grinsend da, gibt ihm die Hand und
stellt sich nun persönlich vor: Conor, sagt er stolz.
Er steht ein wenig mühsam auf, schüttelt die raue,
wettergegerbte Hand und sagt: Niklas.
Ist mir ein Vergnügen, sagt Conor, machen nicht mehr
so richtig mit, die alten Knochen, was?

Er gibt darauf keine Antwort.

Schlimm genug, dass es so ist, man muss nicht auch noch darüber sprechen.
Darüber Witze machen zu können, so weit ist er noch nicht.
Noch immer hat er keine dieser Alterserscheinungen akzeptiert.
Hat sie allenfalls hingenommen. Allerdings mit einer gewissen Grimmigkeit.
Er kämpft dagegen an.
Völlig sinnlos, sagt seine Tochter.
Er kann es nicht recht erklären, aber auch der sinnlose Kampf übt schon, seit er denken kann, einen gewissen Reiz auf ihn aus.
Vielleicht ist es sogar *gerade* der sinnlose Kampf, der ihn fasziniert, ihn anzieht.

Das ist wohl auch der Grund, weshalb er schon als junger Mensch von Beethoven fasziniert war, Biografien über ihn verschlungen hat. Von dessen Kampf gegen die fortschreitende Taubheit aufgewühlt und gefesselt wurde.
Und ebenso von dessen Musik.
Die nicht düster wurde oder unhörbar, nachdem Beethoven irgendwann völlig taub geworden war, sondern herrlicher wurde, majestätischer, unnachgiebiger, keinesfalls grimmig oder böse, sondern strahlend, erfüllend, voller Glanz und Licht, voller Empfindung und Leidenschaft – eine ganz wunderbare, erhebende Musik.
Und das, obwohl Beethoven völlig taub war und unendlich darunter gelitten haben muss.

Du musst nach Carn fahren, dir Gas besorgen, meint Conor.

Sieht wohl so aus, antwortet er.

Der Alte meint, er könne ihm den Weg und den Einkaufsladen zeigen, er selbst brauche auch noch einige Dinge, es würde sich anbieten.

Niklas stimmt zu.

Als sie gemeinsam zum Wagen gehen, erklärt Conor, er, Niklas, könne den Wagen übrigens auch neben dem Trailer parken, dann müsse er nicht jedes Mal zur Straße hoch wandern.

Niklas nickt.

Auf dem Weg nach Carndonagh erfährt Niklas völlig erstaunt, dass Conor schon 87 Jahre alt ist, verkneift sich jedoch eine Bemerkung oder gar ein Kompliment, denkt nur für sich, dass der Mann sich enorm gut gehalten hat.

Conor berichtet, dass er ganzjährig in seinem Trailer wohne, als einziger von allen. Dass er die Bucht liebe. Die Halbinsel. Das Land. Die Möwen. Den Wind.

Und das Meer.

Und dass er Dichter sei. Sogar gelegentlich male.

Dichter?

Aber ja, sagt der Alte. Das dürfe doch gerade ihn, der aus dem Land der Dichter und Denker komme, nicht erstaunen.

Davon sei nichts mehr übrig, entgegnet Niklas.

Das glaube er nicht, zweifelt der Alte.

Das könne er ihm schon glauben. Das Volk trage nichts mehr davon in sich.

Er schaut während des Fahrens kurz an dem Alten vorbei, aus dem Seitenfester, in dem, nachdem sie Malin hinter sich gelassen haben, eine immense Bucht auftaucht.
Leuchtend blaues Wasser in einem kolossalen Meeresarm.
Unfassbar schön im westlichen Sonnenlicht.
Ein Blau, das wehtut vor Sehnsucht nach irgendetwas, das er nicht erklären kann.
Sehnsuchtsblau, denkt er schmunzelnd.

Und eine geschwungene Küste, sanft, grün wie Moos und weich vom Ocker der Strände.
Die andere Halbinsel ... direkt gegenüber ... ein faszinierender Anblick.
Sie ist so nah, dass er am Liebsten hinüberschwimmen möchte.
Während er sie beeindruckt und gefesselt anblickt, weitet sich das Blau vor seinen Augen, wird gläsern, ganz luftig vom Wind.
Für einen Moment hat er völlig vergessen, dass er am Steuer seines Volvos sitzt.

Conor meint indessen, ein Volk trage sein Erbe stets in sich, seine Berufung, sein Schicksal.
Diese Sicht sei ihm zu romantisierend, bemerkt Niklas, im Übrigen beziehe sich das mit den Dichtern und Denkern auf eine sehr weit zurückliegende Zeit in Deutschland. Spätestens die Nazis hätten damit aufgeräumt und dem ein Ende gemacht.
Der Alte verschließt daraufhin sein Gesicht wie einen alten Koffer und schweigt die restliche Fahrt über.

Erst in Carndonagh öffnet Conor wieder seinen Mund und erklärt Niklas den Weg zum Einkaufszentrum. Den Niklas auch alleine gefunden hätte.

Carn ist nichts als eine Durchgangsstraße, gesäumt von Wohnhäusern, Pubs, Geschäften aller Art, einer Bank, einem Frisör, und einem Einkaufzentrum, vor dem Niklas parkt.

Der Alte verabschiedet sich und meint, er komme alleine wieder zurück, thanks a lot.

Niklas überlegt eine Weile, ob er ihn mit der vorigen Bemerkung verärgert oder gar verletzt hat.

Was solls, sagt er sich schließlich, Altersstarrsinn ... vielleicht.

Zugleich lächelt er über diese Gedanken, erinnert sich an einen Streit mit seiner Tochter, die ihm damals, aufgebracht über seine Bemerkungen, ebenfalls einen gewissen Altersstarrsinn bescheinigt hatte.

Schon in der Arkade des Einkaufszentrums bemerkt er verwundert die Andersartigkeit dieser Menschen und ihrer Kultur.

Hier stehen die unterschiedlichsten Leute im Gespräch beisammen, was es so wohl in Deutschland nicht zu entdecken geben würde.

Ganz einfach deshalb, weil Deutsche, Menschen solch unterschiedlicher Art und gesellschaftlicher Herkunft, nicht miteinander ins Gespräch kommen.

Oder nur sehr, sehr selten ...

Hier stehen sie beisammen, lachen, plaudern angeregt und vertraut miteinander.

Und er kann sich nicht vorstellen, dass diese Leute sich aufgrund freundschaftlicher Verbindungen kennen.

Beruflich? Wohl kaum. Allenfalls noch familiär.

Doch dafür wirken sie nun wieder zu distanziert, trotz aller Redseligkeit und scheinbarer Vertrautheit.

Er entdeckt einen Banker, mit Namensschild und Logo der Bank von gegenüber.

Einen Farmer, mit Gummistiefeln und völlig verdreckter Hose.

Einen jungen Burschen mit Jeansjacke und Piercing in der Backe.

Eine Frau, die wie eine Hausfrau aus einer amerikanischen Vorabendserie aussieht und auch so wirkt. Sie trägt einen Ehering und die Haare in bläulich gefärbter Dauerwelle.

Um sie scheint sich das Gespräch zu entwickeln. Und von ihr geht es wohl auch wieder aus. Sie ist Dreh- und Angelpunkt des Ganzen. Ihr Lachen schallt durch die gesamte Arkade. Die Männer lachen mit.

Vielleicht ist der Gepiercte ihr Sohn, sinniert Niklas einen Moment.

In der Arkade gibt es, hinter einem Schaufenster und einer Glastüre, ein Buch-Antiquariat.

Drinnen sitzt der rauchende Antiquar zwischen Türmen aus alten vergilbten Büchern und vollgestopften Regalen.

Ein altes, dünnes Männchen mit klugem Blick und eingefallenem Gesicht voller Kerben und Furchen, faltig und aschfahl.

Wenn ich mal ein Buch brauche ... denkt Niklas und geht weiter, ins überschaubare Kaufhaus.

Dort findet er einen jungen Kaugummi kauenden Verkäufer, dem er sein Anliegen erklärt und der sofort zu helfen weiß.
Der junge Verkäufer erklärt ihm auch gleich, wie er die Gasflache anzuschließen und im Weiteren zu handhaben hat.
Niklas bedankt sich und kauft vorsichtshalber gleich zwei von den Dingern.
Der Verkäufer fährt sie ihm in einem Einkaufswagen vor das Kaufhaus, direkt zum Volvo, und lädt sie sogar noch in den Kofferraum.

Niklas will widersprechen, aber der junge Mann lässt sich nicht abwimmeln, meint grinsend, das gehöre zum Service.
Bei älteren Herrschaften, will Niklas frotzelnd einwerfen, lässt es aber im letzten Moment bleiben.
Besser, als sich womöglich einen Bruch zu heben, denkt er.
Einen verwachsenen Leistenbruch schleppt er schon seit 30 Jahren mit sich herum. Sowie einen grausam schlecht verwachsenen, immer wieder schmerzenden Steißbeinbruch.

Die Gesundheit, dein höchstes Gut, denkt er spöttisch und verabschiedet sich überschwänglich von dem jungen Verkäufer.
Bis bald, meint der, viel Erfolg, und Vorsicht mit den Gasflaschen.

Niklas reckt den Daumen hoch und lächelt zuversichtlich.

Er hält Ausschau nach dem Alten, doch der ist nirgends zu sehen.
Also steigt er in den Volvo und fährt, erleichtert, allein zu sein, zurück nach Slievebawn, seinem neuen Zuhause.
Er passiert ein keltisches Hochkreuz auf einem Hügel, das ihm bis jetzt nicht aufgefallen ist, und muss an seine verstorbene Frau denken.
An den Moment ihres *Gehens*, den er im wahrsten Sinne als Aushauchen erlebt hat.

Sie war an einem Spätseptembertag gegangen.
Über der Stadt hing eine Glocke aus Dunst und Lärm.
Eine Schwere, schwül und lästig. Und furchteinflößend durch den bevorstehenden Tod, auf den er an ihrem Krankenhausbett wartete. Warten musste.
Zwei Krankenschwestern standen bei ihm.
Und seine Tochter.
Die ihre Mutter in diesem Augenblick verlieren sollte.

Der Körper seiner Frau bäumte sich etwas auf.
Ein sanftes Rütteln ging durch sie, kaum merkbar, dann hauchte sie ihr Leben aus, schüttelte sich wie zaghaft.
Ja, so war es, als schüttle sie ihr Leben von sich.
Seine Tochter und er starrten sich in einer Art schmerzvoller Rat- und Fassungslosigkeit an, und doch hat sie dieser gemeinsame besonders schicksalhafte Moment nicht zusammengeschweißt.

Zum Teufel mit dem Tod, denkt er und schiebt eine CD in den CD-Spieler.
Beethovens vorletzte Klaviersonate.
Er horcht auf, wird hineingezogen in den Atem der Musik.
Tippt auf dem CD-Spieler bis zum Adagio und dreht die Lautstärke höher, wird offen und verletzbar.
Nein, das macht ihn zu traurig.

Er betätigt die Auswurftaste, nimmt die CD wieder heraus, legt sie auf den Beifahrersitz, schaltet das Radio ein.
Eine Frauenstimme.
Ein irisch klingendes Lied. Eine wunderbare Melodie.
Schmerzlich. Irgendetwas von Abschied und Verlust, Sehnsucht und Erinnerung.
Die Altstimme der Frau berührt ihn.

Sie singt mit größter Authentizität und Gefühl von Clares Westküste, dem immergrünen County im Südwesten der Insel.
Was singt sie da?
Sie sitzt in einem Pub und erinnert sich an ihre große Liebe, die fort ist, und wohl auch nicht wieder kommt.
Hier, in diesem Pub, wo sie damals gemeinsam saßen.
Wo sie vereint waren, in Liebe, und dann über Grenzen hinweg ...
Ein schönes, ein traurigschönes Lied. Die wenigen Textbrocken, die er versteht, schmerzen ihn.

Zum Teufel mit verlorener oder vergangener Liebe, denkt er und schaltet das Radio wieder aus.
Links, die Bucht.

Die dunkler werdende Halbinsel gegenüber.

Auch dort ein Gemisch aus Wiesen und Feldern und Hügeln im Hinterland.

Von oben, aus der Vogelperspektive, sicherlich ein Mosaik aus geometrischen Formen in verschatteten Grün- und Brauntönen, über die doch wiederum hier und da verschwenderisch bernsteinfarbenes Licht ausgegossen ist.

Durch die tieferstehende Sonne hat sich das Licht verändert.

Er muss die Augen zusammenkneifen, um nicht vollends geblendet zu werden.

Dann fährt er durch Malin. In dem kleinen Park spielen ein paar Jungs Fußball.

Nicht mehr weit, denkt er.

Als die Road sich vom Meer abwendet, ins Landesinnere führt, erhöht er die Geschwindigkeit.

Karges Land, Farmen und Einsamkeit auf weitschweifenden Hügeln, deren Linien ins Leere zu laufen scheinen, aber stattdessen immer wieder in neue Hügel und Täler, neue Wiesen und Felder münden.

Ungefähr einen Kilometer vor dem Trailerpark entdeckt er eine Gestalt in der Ferne, die am Straßenrand entlanggeht.

Es ist ein junges Mädchen, ein Kind, das alleine Richtung Norden geht.

Er drosselt seine Geschwindigkeit und überlegt einen Moment, ob er halten und ihr anbieten soll, sie ein Stück mitzunehmen, aber er verwirft den Gedanken sofort wieder.

Sicherlich sähe es komisch aus, wenn ein Fremder ein Mädchen in sein Auto einsteigen ließe, um sie mitzunehmen.

Er will sich nichts nachsagen lassen, fährt deshalb langsam an ihr vorbei und wirft einen Blick in den Rückspiegel.
Im selben Moment schaut sie kurz auf.
Für einen Moment verkrampft sich sein Magen. Etwas in ihrem Blick, im Ausdruck ihrer Augen, erinnert ihn an einige der Mädchen, die er früher betreut hatte.

Als Niklas am Trailerpark ankommt, fährt er hinab in die Bucht und parkt den Volvo neben dem Trailer.
Er nimmt den Kasten mit den Schraubenschlüsseln aus dem Kofferraum, hievt eine der Gasflaschen heraus und macht sich daran, sie anzuschließen.
Natürlich gelingt es ihm nicht, warum auch, handwerkliche Dinge gehen ihm nicht von der Hand, noch nie.
Warum auch sonst hatte er keinen handwerklichen Beruf erlernt ...
Er geht fluchend und schimpfend umher und tritt gegen einen der Steinfüße des Trailers.
Natürlich prellt er sich den Zehen dabei und flucht noch lauter.

Aus den Augenwinkeln entdeckt er den Alten, der gerade in seinem Trailer verschwindet, und wundert sich, wie der es geschafft hatte, schneller wieder zurück zu sein als er.
Der Einkauf ... natürlich.

Der Alte kann bei diesem Tempo gar nicht selbst ein-
gekauft haben und muss wohl mit einem Bekannten
gleich wieder zurückgefahren sein.
Aber warum hat er ihn, Niklas, dann angelogen und
erzählt, er habe auch einige Besorgungen zu machen?

Wollte Conor ihn nur ausfragen?
Doch eigentlich hat er gar nichts gefragt, sondern nur
selbst die ganze Zeit erzählt.
Wollte er ihn vielleicht nur kennenlernen?
Oder auch nur die Langeweile vertreiben.
Dass er jetzt allerdings nicht herüberkommt, sondern
klammheimlich in seinem Trailer verschwindet, findet
Niklas nun doch ein wenig seltsam.
Und vor allem ärgerlich, denn jetzt könnte er tatsäch-
lich Hilfe gebrauchen beim Anschließen dieser dämli-
chen Gasflasche.

Brauchst du Hilfe?, fragt eine Stimme hinter ihm.
Er fährt herum.
Dave steht barfuß, in weißen kurzen Hosen und weißem Polo Shirt, grinsend da und betrachtet sich die
einsam herumstehende Gasflasche.
Das wäre ganz toll, sagt Niklas, ich komm mit diesem
blöden Ding nicht zurecht.
Lass mich mal, meint Dave und schiebt Niklas beiseite,
sieh her.
Dave erklärt gönnerhaft, wie er, Niklas, es zu machen
habe, macht es dann jedoch selbst und meint nach ei-
nigen Augenblicken, grinsend, jetzt könne er sich seinen Stew kochen.
Niklas bedankt sich und lädt Dave zum Tee ein.

Dave winkt dankend ab, meint stattdessen, er sei schon zum Tee verabredet (hier legt er lächelnd eine Pause ein) mit seiner Frau. Das sei ihm lieber. Niklas solle es ihm nicht übel nehmen.

Niklas erhebt keine Einwände und schmunzelt.

Übrigens, ruft Dave beim Weggehen über die Schulter, ich habe dem Platzwart schon Anweisung gegeben, den Strom für deinen Trailer wieder einzuschalten.

Herzlichen Dank, ruft Niklas ihm nach, grüß den Mann von mir.

Etwas anderes ist ihm in diesem Moment nicht eingefallen.

Mach ich, antwortet Dave, der Platzwart bin ich!

Ein Witzbold, denkt Niklas lächelnd, und ruft ihm noch einmal ein lautes thanks a lot nach.

Nicht vergessen, ruft Dave, heute Abend im Pub!

Dann hüpft er mit einem einzigen Sprung in seinen Trailer.

Niklas hat sich Dave angeschaut, als er davonging.

Ein etwas komischer Typ. Ausschreitend. Leichtes Hohlkreuz. Rötliches, schon leicht ergrautes pomadisiertes Haar, streng zurück frisiert. Stoppelbart. Siegelring. Braungebrannt. Schmalschultrig. Bauchansatz. Einfallende Brust. Die Beine, etwas zu dünn, unmuskulös. Muss in den Vierzigern sein, denkt Niklas, überhaupt wirkt er ein wenig lasch, unsportlich.

(Aber er selbst erklimmt ja auch keine Berge mehr ...)

Dave ist witzig. Und hilfsbereit. Das ist wichtiger.

Niklas steigt in seinen Trailer und versucht erfolglos, den Herd anzubekommen.

Verdammter Dreck!, flucht er und fragt sich, ob es die richtige Entscheidung war, diesen Trailer zu kaufen, wenn er noch nicht einmal imstande ist, diesen Herd anzubekommen. Vom Anschließen der Gasflasche ganz zu schweigen.

Er kocht sich stattdessen mit dem Wasserkocher Teewasser. Strom hat er ja, dank Dave.
Während der herbe schwarze Tee zieht, öffnet er alle Fenster seines neuen Zuhauses und fängt an, die mitgebrachte Bettwäsche um die Bettdecke und das Kissen zu schlagen.

Die Bücher im Regal?
Er geht mit ausgestreckten Armen, im gespannten Kissenbezug, hinüber und wirft noch einmal einen Blick darauf.
Nichts, was einen staunen lässt.
Sein alter Kollege hat sich wohl mit Bildbänden irischer Landschaften und Büchern über Schmetterlinge die Regennachmittage vertrieben.
Ein paar Romane und Kurzgeschichten irischer Autoren stehen noch herum, und eine Bibel in einem ledernen Einband.

Das ist gut so, er will ja selbst an seinem Buch schreiben und nicht von zu viel interessanter Literatur abgelenkt werden.
Er wirft den Kissenbezug lustlos und angewidert von dieser Arbeit auf die Matratze, nippt stattdessen an der Teetasse, die er in einem der beiden Küchenschränke des gut ausgestatteten Trailers gefunden hat und trinkt schluckweise das „Heiße Gold", wie er es

nennt, seit er zum ersten Mal Irland bereiste, vor vierzig Jahren.

Er blickt sich um, mustert eingehend und aufmerksam sein neues Zuhause.
Entdeckt dabei die Bilder an den Wänden, sieht zum ersten Mal genauer hin.
Vier Aquarelle. Jedes Mal dasselbe Motiv.
Die Bucht.
Jedoch zu anderen Tages- und Jahreszeiten.

Er tritt näher an eines der Bilder heran, versucht, die Signatur zu entziffern.
Ein Großbuchstabe, zum weiten Bogen werdend, aus dessen Schwung ein zweiter Buchstabe erwächst. Wie ein Schwan etwa. Oder der Flug einer Möwe vielleicht, denkt er, ließe sich ihr Flug an den Himmel zeichnen.
Alles mit einer luftigen Leichtigkeit gemalt ... jedes der Bilder.
Man spürt und riecht förmlich die salzige Luft, den Atem der Bucht.

Er grübelt, wie das mit dem Abwasser und der Toilette vonstatten gehen wird.
Er wird Dave fragen.
Überall entdeckt er Staubschichten, die gerade vom hereinwehenden Wind aufgewirbelt werden. Auch auf dem Schreibtisch.
Er wird erst einmal einen Großputz veranstalten müssen, um sich hier wohlfühlen und vor allem arbeiten zu können.

Immer wieder blickt er durch das große Stirnseitenfenster in die Bucht und aufs Meer hinaus, trinkt schluckweise seinen Tee, der für ihn so sehr nach Irland schmeckt wie nichts sonst auf der Insel.

Es spürt Tränen in den Augen bei diesem Anblick und sagt sich, dass es wohl doch die richtige Entscheidung war, den Trailer zu kaufen und herzukommen.

Zugleich aber ärgert er sich über sein sprunghaftes Wesen, seine Gefühlsschwankungen, seine Stimmungswechsel, die ihn noch immer, selbst jetzt noch in seinem Alter, heimsuchen, oft sogar bestimmen und seine Entscheidungen und Handlungen maßgeblich beeinflussen. Und nicht etwa die ruhige, abgeklärte und weise Stimme des Alters.

Gibt es sie überhaupt oder ist sie nur eine Mär, von jeher weitererzählt?

Er sucht in den Schränken nach Putzmitteln und Lappen, kocht heißes Wasser auf und beginnt missmutig mit dem Großputz.

Das mit dem Herd hat noch Zeit, nur Bettdecke und Kissen sollten noch überzogen werden ...

The Auld Plaid Shawl

Er geht zu Fuß in das Pub.
Allzu weit ist es ja nicht. Außerdem tut jegliche Bewegung gut. In seinem Alter erst recht. Zumindest redet er sich das ein.
Auch wenn seine Knie das anders sehen.

Während des Fußmarsches grübelt er, weshalb er jetzt doch auf Daves Einladung eingegangen ist.
Er redet sich ein, es sei wegen der Frage nach dem Abwasser. Und dem Herd.
Aber das hätte er ihn auch noch morgen früh fragen können.
Ist es also aus Höflichkeit?

Höflichkeit ist eigentlich etwas, das er sich in den letzten Jahren immer mehr abgewöhnt hat. Meist tut man dabei doch nur Dinge, die einem selbst nicht nützen.
Nur den Anderen.
Die alltägliche Höflichkeit ist es doch, die einem etwas abringt, abverlangt, die fordert.
Nicht so sehr die kleinen Höflichkeiten, die oft nur Schwindeleien oder Schmeicheleien sind, falsche Komplimente, die man nicht einmal bereut, aus lauter anerzogener Falschheit, sondern die großen, unangenehmen Höflichkeiten.
Auch verkneift man sich aus lauter Höflichkeit die Wahrheit, das ehrliche Wort, eigene Ansichten und

Meinungen, weil sie andere verletzen, verstimmen oder verärgern könnten.

Oder aus Feigheit ...

Man scheut die Konfrontation, von der man noch nicht einmal weiß, ob sie stattfinden wird. Und wenn doch, ob sie vielleicht nicht auch Positives bewirken kann.

Vielleicht trifft man sogar auf ein Gegenüber, welches das offene Wort schätzt oder zumindest respektiert.

Stattdessen verschanzt man sich hinter Allgemeinplätzen, kleinen, gutgemeinten Unehrlichkeiten – Lügen.

Die er, Niklas, sich nach und nach abgewöhnt hat. Und auch weiterhin abgewöhnen will.

Mag sein, er wirkt deshalb schroff. Wegen seiner Ehrlichkeit, die er nicht mehr verbergen und zurückhalten will.

Natürlich wirft man ihm dies vor und sagt ihm „Unhöflichkeit" nach.

Aber genau darum geht es ja. Um Ehrlichkeit, selbst wenn sie unhöflich wirkt.

Melissa, seine Tochter, wird nicht müde, diese Eigenschaft an ihm zu kritisieren. Aber er streitet deshalb nicht mehr mit ihr.

Wie kann eine 25-jährige junge Frau, angehende Anwältin, einen 65-jährigen Mann verstehen, selbst wenn es ihr Vater ist.

Oder vielleicht gerade deshalb nicht, lächelt er.

Es ist jedoch ein trauriges, resigniertes Lächeln.

Melissa hat nicht einmal insistiert, als er ihr von seinem irischen Vorhaben erzählte.

Seinem „Irischen Intermezzo", wie er es nennt.

Vielleicht ist sie sogar froh, denkt er, verscheucht diesen Gedanken jedoch gleich wieder.

Viel gesehen haben sie sich in den letzten zwei Jahren ohnehin nicht.

Weshalb sollte sie also über sein Weggehen erfreut sein.

Er wird ihr schreiben, oder mit ihr telefonieren.

Zu gegebener Zeit.

Im Westen färbt sich der Himmel grau, als er am Pub anlangt.

Eine Spur flamingorosa in dem Streifen Dämmerung, der über dem Horizont schwebt.

Ein paar harmlose, gräulich eingefärbte Kumuluswolken treiben dahin.

Irgendwo nach Norden, vermutlich.

Aus den Schornsteinen der weißgetünchten Cottages und Farmen klettern dünne hellgraue Rauchfäden, die nach Torffeuer riechen – dem Geruch Irlands.

Der Geruch eines Torffeuers gehört zu den eindrücklichsten und schönsten Erinnerungen seines Lebens.

Vermischt mit den duftenden Blüten des Ginsters und dem farbenfrohen Rhododendron, der die ländlichen Straßen Irlands säumt und durch die gepflegteren Gärten wogt.

Vor dem Pub parken nur eine Handvoll Autos.

Scheinbar trifft er zu früh ein.

Wie ärgerlich, denkt er, und atmet tief durch, als er die Türe des Pubs öffnet und eintritt.

Eine Menge Holzbalken ragen, kreuz und quer verstrebt, in den Innenraum.

Die Holzecke ist dunkel vom Qualm der Zigaretten.

Und wohl auch von etlichen Torffeuern aus dem offenen Kamin.

Aus den Lautsprechern tönt irische Folklore.

Der Mann hinter der Bar blickt auf, als er eintritt.

Wohl wegen des fremden Gesichtes.

Touristen um diese Jahreszeit sind, so weit oben in Donegal, so abgelegen, noch nicht an der Tagesordnung.

Es riecht nach Spelunke.

Nach warmem Bierdunst und alten Bierlachen, abgestandenem Zigarettenqualm, Torf, und den Toiletten aus dem hinteren Trakt des Hauses.

Wie jemand aus Derry sieht er bestimmt nicht aus.

Die Leute aus Derry kommen gerne mal für einen Tagesausflug oder auch nur für ein paar Stunden auf die Halbinsel, das weiß er von früher. Manche nur für ein Bier.

Hier oben fühlt es sich für Derry People wie Urlaub an.

Für die Dauer eines Bieres – eine kleine Flucht.

Neben dem offenen Kamin, in dem tatsächlich ein schwachbrüstiges Torffeuer flackert, entdeckt er Conor. Er grüßt ihn per Handzeichen.

Der Alte reagiert nur mit einem angedeuteten Kopfnicken und verzieht keine Miene dabei.

Niklas überlegt, ob er hinübergehen und fragen soll, womit er ihn verärgert hat.

Nein, er kann mich mal, denkt er, Nachbar hin oder her, nimmt stattdessen an der Bar Platz und bestellt sich Tea for Two.

Keinen Tropfen Alkohol will er mehr anrühren.
Das hat er sich vor zehn Jahren geschworen, als seine Frau verstorben ist.
Sie hat er mit seiner elenden Sauferei vermutlich in den Wahnsinn getrieben.
Dies Versprechen, sich selbst gegeben, hat er bis jetzt nicht gebrochen.
Und er wird es selbst hier in Irland nicht tun, auch wenn sie hier das Saufen erfunden haben.

Er hat nie tagsüber gesoffen, damals, immer erst am Abend.
Hat sich nie *besoffen*, jeden Abend eben sein notwendiges Pensum angetrunken.
Wurde stets schlecht gelaunt dabei, streitsüchtig, aggressiv.
Hat Stühle kaputtgeschlagen, Gläser gegen die Wand geworfen, Tassen, Teller, Töpfe, sogar Töpfe randvoll mit Soße oder anderem. Ist ein Arschloch gewesen.
In seinen eigenen Augen sogar ein „richtiges" Arschloch.
Er hat Elsa, seine Frau, dafür geliebt, dass sie ihn deshalb nie verlassen hat.

Er hasst sich für das alles. Abgrundtief.
Noch heute.
Doch seine Arbeit hat nie darunter gelitten. Soweit hat er es nie kommen lassen.

Das nannte er Professionalität. Nie hat er zugelassen, dass der Alkohol seine Arbeit beeinflusste, sein Denkvermögen, seine Urteilskraft, seine Fähigkeit, genau hinzusehen und genau hinzuhören.

Er glaubt, es ist ihm gelungen. Aber sicher ist man ja nie ...

Allerdings ist es ihm im Privaten nicht gelungen.

Wenn er wiedergutmachen könnte, würde er es sofort tun. Um jeden Preis.

Doch es ist zu spät.

Es gibt ein „zu spät".

Auch bei Melissa hat er schwere Fehler begangen.

Vielleicht hasst sie ihn auch heute dafür und kann es nicht zeigen. Weder dass sie ihn hasst noch dass sie ihn liebt.

Sie liebt ihn, das weiß er.

Zum Einen, weil er natürlich kein komplettes Scheusal war, sondern sie sehr geliebt hat, und noch liebt, es ihr oft genug gezeigt und gesagt hat, zum Anderen, und das weiß er aus seiner Arbeit mit Kindern, liebt sie ihn schon allein deshalb, weil er ihr Vater ist.

Er hat dieses Faktum nie ausgenutzt, sondern sich immer bemüht, Melissa ein guter und liebevoller Vater zu sein.

Nur der Alkohol, mit seiner Macht über ihn, hat ihn zeitweise daran gehindert.

Elsa, seine Frau, hat trotzdem immer zu ihm gehalten.

Ihn sogar vor der heranwachsenden, pubertierenden Tochter geschützt. Vor ihren Angriffen, ihren Beleidigungen, ihrer Rebellion.

Vor allen anderen sowieso. Auch dafür hat er Elsa geliebt.

Er gibt sich die Schuld an ihrem Tod. Das hat er noch nie jemandem erzählt.
Nicht einmal Melissa. Ihr schon gar nicht.
Er befürchtet, sie wäre imstande, den Gedanken aufzugreifen und ihn dafür noch mehr zu hassen.
Er hält erschrocken inne. Warum glaubt er nur immer, sie könne ihn hassen?
Weil er selbst es tut?

Eine Hand klopft ihm auf die Schulter.
Schön, dass du hergefunden hast, grinst Dave, der mit Catherine plötzlich neben ihm steht. Catherine ist also doch seine Frau. Sie hat sich ordentlich aufgedonnert, trägt ein schweres Parfüm, viel Rouge und Lippenstift, und einen ausgeprägten Lidstrich.

Niklas erschrickt ein wenig über die äußere Veränderung Catherines, die er wenige Stunden zuvor an der Bucht zum ersten Mal gesehen hat. In einer kurzen, hellen Hose und mit viel zu weitem, weißem Strickpulli.
Jetzt trägt sie ein eng anliegendes, dunkelrotes Kleid mit weitem Ausschnitt, hochhackigen Schuhen und wirkt wie ein Fremdkörper in dem rauen, verrauchten, ländlichen Pub.

Sie ist eine füllige Frau mit großer Oberweite und breiten, schwammigen Oberarmen.
Trägt einige Ringe und goldfarbene Armreifen. Ihr Haar wirkt blondiert.

Ihre Augen treten etwas hervor, die Wangenknochen sind hoch und markant.
Ein typisch irisches Frauengesicht, findet Niklas.

Dave führt sie stolz neben sich her, sagt lächelnd: Meine Frau kennst du ja bereits.
Niklas nickt ihr grüßend zu.
Dave meint, dass die Musiker etwa gegen halb zehn eintreffen, bis dahin müsste auch der ganze Rest da sein.
Niklas überlegt, wer mit „der ganze Rest" gemeint ist, fragt aber nicht nach.

Dave lädt Niklas ein, bei ihnen zu sitzen.
Niklas Einwände lässt er jedoch nicht gelten und schleppt ihn mit an ihren Tisch, den er am Vormittag telefonisch reserviert hat.
Tischreservierungen in einem Pub, das kommt Niklas, wenn er ehrlich ist, ein wenig überkandidelt vor. Aber es passt zu Dave.
Letztlich ist er doch froh, diesen Abend nicht alleine an der Bar zu verbringen, sondern in Gesellschaft.

Als Catherine auf die Toilette verschwindet, um vermutlich neues Parfüm aufzulegen, erkundigt sich Niklas bei Dave nach den unliebsamen, aber notwendigen Einzelheiten zu Toilette und Abwasser.
Dave klärt ihn lächelnd auf und instruiert ihn, wie es in ihrem Trailerpark gehandhabt wird. Außerdem bietet er seine Hilfe an.
Niklas bedankt sich erleichtert, froh über diesen hilfsbereiten Nachbarn.

Kurz vor halb zehn trottet der erste Musiker herein.
Er trägt einen Gitarrenkoffer mit sich.
Dann, im Minutentakt, tauchen die restlichen Musiker
mit ihren Instrumenten auf:
Fiddel, Bodhran, eine weitere Gitarre, Dudelsack,
Mandoline, eine Frau mittleren Alters ohne Instrument, sie wird wohl die Sängerin sein, zuletzt ein junges Mädchen mit einer Tin Whistle in der rechten
Hand.
Alle gruppieren sich um einen länglichen Tisch in der
hinteren Ecke des Pubs, begrüßen sich freundlich und
lachend, wirken gespannt und erwartungsvoll.

Großes Ensemble, wundert sich Niklas und blickt
überrascht zu Dave.
Der sieht Niklas' Blick, meint grinsend, sie seien zwar
im hohen Norden, aber deshalb noch lange nicht am
Arsch der Welt. Das sei gewissermaßen die Hausband.
Niklas nickt zustimmend und denkt, dass dies mit
Sicherheit ein gelungener Abend werden wird.

Als die Hausband loslegt, entpuppt sich die Tin Whistle als wahres Freudenfeuer an Tönen und Kadenzen.
Alle schauen begeistert zum Tisch der Musiker.
Dave will Niklas zu einem Guinness einladen und
wirkt eingeschnappt, als der dankend ablehnt.
Ob er ihn wenigstens zu einer neuen Kanne Tee einladen dürfe, fragt Dave nach kurzer Zeit.
Niklas nickt lächelnd, woraufhin Dave dem Barkeeper
mit umständlichen Gesten und Handzeichen andeutet,
eine neue Kanne Tee an den Tisch zu bringen.
Niklas mag solche gönnerhaften, wichtigtuerischen
Menschen eigentlich nicht.

Er schaut gespannt zu Catherine, will ausfindig machen, wie sie als Ehefrau zu den Anwandlungen ihres Mannes steht und stellt erstaunt fest, dass sie nur gelassen lächelt.

Aber warum auch nicht, besinnt er sich, schließlich sind sie verheiratet.

Es ist anzunehmen, dass Dave schon immer so ist.

Dass es zu seiner Wesensart gehört.

Und vielleicht gefällt es ihr sogar.

Elsa hat sicherlich auch so manche seiner Verschrobenheiten und Eigenartigkeiten hingenommen, vermutet er, vielleicht sogar nicht nur akzeptiert, sondern auch geschätzt, oder gar geliebt. Aber er will nicht zu weit gehen und die Dinge verklären.

Man verklärt im Nachhinein doch viel zu gerne.

Menschen in engen Beziehungen werden sich ohnehin im Laufe der Zeit immer ähnlicher, nehmen die Grillen und Marotten ihrer Partner und Partnerinnen an, legen sich dieselben Abneigungen, ja, oft genug auch dieselben Meinungen zu.

Etwas, das Niklas für eine der schlimmsten Entwicklungen einer Beziehung hält.

Allerdings haben beide, Dave und Catherine, bis jetzt noch kein einziges Wort miteinander gewechselt.

Haben sich wohl nichts mehr zu sagen, denkt Niklas.

Überhaupt führt genau dieses traurige Phänomen seine Liste der Beziehungs-Killer an, steht ganz oben auf Platz Eins.

Seine Frau und er konnten gar nicht mehr aufhören mit dem Gequassel.

Kaum waren sie beisammen, hatten sie auch schon ein Thema.

Und wenn sie das einmal hatten, war das nächste auch nicht mehr weit, lauerte schon hinter der nächsten Ecke und wollte ebenfalls behandelt werden.

Sie inspirierten sich gegenseitig, teilten nicht nur Haus, Bett und Tisch, sondern auch die Gedankenwelt des Andern.

Und mit Teilen war nicht gemeint, gedankenlos die Gedanken des Anderen zu übernehmen, zu absorbieren, sondern stets im Diskurs und in Gesprächen an den Argumenten und Ansichten des Anderen teilzuhaben.

Sie mitzutragen oder auch für untragbar zu halten, aber dennoch, oder vielleicht gerade deshalb, den Anderen verstehen zu wollen, verstehen zu lernen – und gelten zu lassen.

Er war oft versucht, Elsa über den Mund zu fahren, hielt seine eigene Meinung für die wichtigere und richtige. Oder auch nur für die stärkere.

Aber wenn er länger darüber nachdachte, erschienen ihm Elsas Argumente und Ansichten als die klügeren, und vor allem als die barmherzigeren.

Er schätzte seine Frau sehr, respektierte ihre weite, ruhige Sicht auf Dinge und Menschen.

Sogar auf Menschen, die er am Liebsten auf den Mond geschossen hätte.

Elsas Lieblingsspruch fällt ihm schmunzelnd ein: „Das ist ja zum auf den Mond schießen."

Das Pub hat sich gefüllt.

Die Tin Whistle gibt noch immer den Ton an, treibt die Band voran.

Dieses kleine unscheinbare Instrument, wundert sich Niklas, aber solch eine treibende Kraft ...

Die Hausband spielt Reels und Jigs.

Dann singt die Dame mit dem silbergrauen Haar und einer dunklen Altstimme von irischen Tragödien und Scharmützeln, bei denen Brüder, Ehemänner und Söhne starben. Gestorben sind für ein freies, ein reines, ein unabhängiges, ein glorreiches Irland.

Ein Irland, so schön und stolz wie eine dahinschreitende Königin.

War es nicht *Yeats*, bei dem er diesen Ausspruch irgendwann einmal gelesen hat?, grübelt Niklas.

Dann verstummt die Stimme, ein kurzer Beifall und auch die Band versinkt in eine Stille, und mit ihr das ganze Publikum, die gesamte Schar an rauchenden, palavernden, lachenden, lärmenden, Bier trinkenden Menschen.

Alles verstummt, und derart abrupt, dass Niklas über diese plötzliche Entwicklung erschrickt und sich erstaunt umblickt.

Alle halten inne und schauen erwartungsvoll dieselbe Person an.

Eine ältere Frau erhebt sich, ungefähr in Niklas' Alter.

Aber er hat sich heute schon einmal im Alter eines Menschen getäuscht. Vielleicht mag sie auch älter sein als er, räumt er ein.

Jedenfalls beginnt sie ein Lied anzustimmen, ganz ohne musikalische Begleitung – a cappella – und ringsherum ist es so leise, dass man eine Stecknadel fallen, dass man den Wind raunen hören könnte in sämtlichen Kaminen Inishowens, stünde man jetzt draußen, mit dem Gesicht im Westwind und den Blick in den irischen Nachthimmel gerichtet.

Niklas bekommt beim Zuhören eine Gänsehaut. Das hat er vermisst in den letzten Jahren. Wieso ist er überhaupt so lange nicht mehr hier gewesen?
Zehn Jahre lang, das muss man sich einmal vorstellen ...
Er begreift es nicht.
Hat ihn Elsas *Tod* so lange gelähmt?
Der Tod an sich?
Als ob mit ihrem Tod das Leben auch aus ihm gewichen wäre.
Sie hat etwas von ihm mitgenommen, für immer, das weiß er.
Das spürt er, seit sie gegangen ist.

Niklas hat wohl zugelassen, dass sich die Leere in ihm ausgebreitet hat und größer wurde.
Er hat auch zugelassen, dass der Schmerz über Elsas Verlust ihn wie eine Säure innerlich aufgefressen hat.
Hat zugelassen, dass er sich, von den Rändern seiner Seele her, immer weiter nach innen, zur Mitte hin, vorangefressen hat.
Damit ist jetzt Schluss!
Dennoch wird er Elsa immer vermissen.
Aber er wird sich verlorenes Terrain zurückerobern, wird sich wehren, wird nicht mehr zulassen, dass er von einem Gefühl, einer Stimmung, aufgefressen, am Leben gehindert wird.

Die Zeit, die ihm noch bleibt, will er nicht mehr im Schmerz verbringen, in Trauer und Selbstmitleid. Er will aufrecht, trotzend, kämpfend sein restliches Leben leben.

Dazu gehört auch, nicht mehr jeden Tag auf den Friedhof zu gehen.

Die nächsten Monate hier in Irland zu sein, kommt ihm auch darin sehr gelegen.

Er hat sich erfolgreich gegen den Alkohol gestellt, dies wird er auch noch schaffen.

Wenn nur Melissa nichts zustößt.

Das wäre zu viel für ihn, dies würde er nicht auch noch verkraften.

Das Lied endet. Die Frau lächelt verlegen, schlägt die Augen nieder.

Stürmischer Beifall brandet ihr entgegen. Pfiffe und Rufe der Begeisterung.

Sie errötet, das sieht man selbst bei dieser sparsamen Beleuchtung. Sie nickt dankend und setzt sich rasch wieder.

Aus allen Ecken des Pubs wird ihr jubelnd zugerufen: Mary! Mary!

Ein regelrechter Sturm der Begeisterung.

Dave wendet sich inmitten des tosenden Beifalls an Niklas und erzählt, Mary sei als junge Frau in ganz Irland als Sängerin aufgetreten.

Es gäbe sogar eine Schallplatte von ihr mit traditionellen Folksongs und irischen Balladen. Mary sei kurz vor einer vielversprechenden Karriere als Folk-Sängerin gestanden.

Ihr zweites Album, ein Album mit irischen Liebeslie-
dern, sei schon in Planung gewesen, der Sprung aufs
Festland, der Karriereschub, stand bevor, als sie plötzlich und ganz abrupt das Ende ihrer Karriere bekannt
gab.

Du kannst dir vorstellen, wie groß der Schock für alle
gewesen ist, meint Dave.
Niklas blickt ihn fragend an.
Niemand weiß bis heute, was damals vorgefallen ist,
sagt Dave, sie hat noch nie darüber gesprochen. Mit
keinem. Sie schweigt wie ein Grab darüber. Wenn du
sie darauf ansprichst, wendet sie sich ab und redet
keinen Ton mehr.
Niklas schaut zu Mary hinüber, die in sich versunken
und noch immer verlegen lächelnd zu Boden blickt.
Was für eine Geschichte, denkt er.

Was ist aus ihr geworden?, fragt Niklas.
Sie hat geheiratet und später zu malen begonnen, erklärt Dave, alle paar Jahre gibt es irgendwo auf der
Halbinsel eine Ausstellung mit ihren Bildern. Niemals
weiter weg, immer nur auf Inishowen. Du kannst sie
auch besuchen und bei ihr zuhause ein Bild von ihr
kaufen. Draußen in Ballyhillin.
Wenn du zum Head fährst, kannst du ihr Haus gar
nicht verfehlen. Es ist das mit der roten Türe und den
roten Fensterläden.
Ihre bekanntesten Bilder sind die Malin Head Aquarelle. Fast hätten es ihre Bilder sogar auf irische Brief-
marken geschafft, leider nur fast. Eine andere Malerin
hat das Rennen gewonnen. Mary hat sich hinter dem
Haus ein kleines Atelier eingerichtet.

Manchmal schläft sie auch dort, fügt er grinsend hinzu.

Conor tritt an ihren Tisch.
Was der Alte wohl schon wieder will, denkt Niklas.
Er hat ein Bierglas in der Hand und setzt sich unaufgefordert.
Der Alte nickt Niklas nur flüchtig zu und beginnt angeregt, mit Dave zu plaudern.
Catherine blickt sich neugierig im Pub um, begrüßt Neuankömmlinge mit einem Lächeln, Handzeichen oder Kopfnicken.
Eine stattliche Frau, denkt Niklas, vielleicht jedoch mit einer lästigen Vorliebe für schweres Parfüm, gutes Gebäck und reichhaltiges Essen.
Und irischen Whiskey, wie es scheint. Sie bestellt, den Barkeeper anlächelnd, schon den zweiten. Dave registriert es, scheinbar beiläufig.

Alle scheinen sich zu kennen.
Eine große nette Familie, denkt Niklas süffisant lächelnd.
Conor fragt, was es zu schmunzeln gibt, doch Niklas überhört die Frage geflissentlich.
Kurze Zeit später hält die Band erneut inne, die Musik verstummt, dieses mal erhebt sich Conor, sein Gesicht bekommt einen weihevollen Ausdruck, er legt Zeige- und Mittelfinger der rechten Hand ans rechte Ohrläppchen und deklamiert ein Gedicht.
Auf gälisch.

Wer soll das verstehen, denkt Niklas, und muss sich wegen dieser Ohrläppchengeste Conors ernsthaft ein Lachen verkneifen.

Ob viele der Anwesenden des Gälischen mächtig sind, wagt er zu bezweifeln. Aber es schindet allemal Eindruck. Schließlich ist es ein wichtiger Teil des kulturellen Erbes.

Conor endet mit seinem Vortrag und erntet Beifall.

Niklas ist es eine heimliche Freude, dass es bei weitem nicht so viel Beifall ist wie nach Marys Lied.

Du bist ungerecht, tadelt er sich selbst.

Mit stolzer Haltung setzt sich Conor und nimmt einen kräftigen Schluck Bier.

Dave klopft ihm anerkennend auf die Schulter. Unser Dichter, meint er.

Er ist so etwas wie ein Heimatdichter, wendet sich Dave an Niklas.

Niklas quält ein „interessant" hervor und blickt wieder zur Band, die offenbar gerade ein Medley aus verschiedenen Reels und Jigs präsentiert. Die Gäste pfeifen, klatschen oder grölen dazu. Die enervierende Belastung an Zigarettenqualm, Musik und lautstarken Gesprächen und Geräuschen setzt Niklas zu.

Und vielleicht auch die Nähe Conors ...

Unvermittelt fragt Conor, ob man in Deutschland noch an die Zeit des Zweiten Weltkrieges erinnert.

Niklas schaut ihn erstaunt an. Schon wieder so ein Ding, denkt er genervt. Was will der Kerl eigentlich von ihm?

Die Deutschen hätten doch den Engländern ordentlich zugesetzt, fährt Conor mit einer gewissen Genugtuung und Freude fort, wie niemand jemals zuvor. Zu jener Zeit habe man in Deutschland noch Tradition und Brauchtum gepflegt, das wisse er doch sicherlich, behauptet Conor.
Dave schaut angespannt von Einem zum Andern.

Niklas erwidert, dass er selten etwas Dümmeres gehört habe. Die Deutschen hätten Europa in Schutt und Asche gelegt. Und sechs Millionen Juden umgebracht. Sehr wohl erinnere man noch an jene Zeit, aber nicht etwa wie er, Conor, es sich denke, sondern man versuche mit Filmen, Dokumentationen und Zeitzeugen, das Schreckliche dieses Regimes und dieser Zeit aufzuzeigen, um es nie wieder so weit kommen zu lassen.
Conor windet sich unangenehm berührt auf seinem Stuhl.

Doch leider komme derzeit mit einer bestimmten politischen Partei, fährt Niklas fort, allen Bemühungen zum Trotz, eben genau jenes Gedankengut wieder in Deutschland auf. Was er selbst als Armutszeugnis für sein Land empfinde. Wie überhaupt für jedes Land, in dem es solche politischen Tendenzen, geistigen Strömungen und Ansichten gäbe.

Conor meint, nur weil er, Niklas, das Recht des Gastes innehabe, übergehe er fürs Erste die Beleidigung von gerade eben und gebe ihm die Gelegenheit, noch einmal darüber nachzudenken und sich zu entschuldigen.
Dave legt beschwichtigend die Hand auf Niklas' Arm.

Niklas erwidert sichtlich verärgert, dass er gar keinen Grund sehe, sich zu entschuldigen, da er etwas Dümmeres zur deutschen Geschichte, weder zur vergangenen noch zur gegenwärtigen, tatsächlich niemals gehört habe.

Das geht so nicht, greift Dave ein.

Tut mir leid, sagt Niklas, an dieser Stelle bin ich unbelehrbar. Er erhebt sich und verlässt grußlos das Pub.

Auf dem Weg nach draußen wirft er noch einmal einen Blick auf Mary, neben der ein Mädchen am Tisch sitzt. Das Mädchen kommt ihm bekannt vor.

Wo hat er es schon einmal gesehen?

Mary unterhält sich angeregt mit ihr, wendet sich ihr zu, während die Band ein weiteres Instrumental spielt. Eine Art irische Polka.

Das Mädchen antwortet auf Marys Fragen und blickt sich dabei scheu um.

Als er am Tisch der beiden vorbeigeht, streicht es sich mit den Händen die Haare aus dem Gesicht, dabei entdeckt er an ihren Handgelenken querverlaufende Schnittverletzungen.

Mary betrachtet sie fürsorglich und interessiert, streicht ihr übers Haar und redet ihr gut zu.

Draußen weht ein kühler Atlantikwind.

Die Nacht ist vollends hereingebrochen. Er geht zwischen parkenden Autos hindurch zur Straße und tritt den Nachhauseweg an.

Der Himmel ist bewölkt, sternenlos, die Luft klar und kühl.

Er zieht geräuschvoll die frische Luft in die Lungen, als ob er sie auf diese Art vom Zigarettenqualm befreien und reinigen könnte.

Der Lärm des Pubs schwindet mit jedem Meter dahin, den er sich von der Kneipe entfernt.

Er wendet sich nachdenklich noch einmal um, in seinen Pupillen spiegelt sich das phosphoreszierende Licht der Leuchtreklame auf dem Dach der Kneipe.

Irgendwo bellt ein Hund.

Der Wind trägt das Bellen heran und scheint es auch gleich wieder fortzutragen.

Die Telefonleitungen bewegen sich geräuschvoll zwischen den Masten hin und her.

Der Motor eines Autos heult in der Ferne auf.

Von noch weiter weg erklingen Möwenschreie, dünn und irgendwie die Luft zerschneidend. Oder ist es nur die Erinnerung daran?

Hinter einem Wolkenhaufen verbirgt sich ein bleicher Mond, dem es nicht gelingt, sich durchzukämpfen.

Hoffentlich werde ich nicht über den Haufen gefahren, denkt er, auf dieser unbeleuchteten irischen Straße, von angetrunkenen Heimkehrern.

Oder von dem Alten, grinst er boshaft.

Aber vermutlich hat der alte Kerl gar kein Auto ...

Natürlich, jetzt fällt es ihm wieder ein!

Das Mädchen, das bei Mary saß, war die Kleine, die er heute schon am Straßenrand alleine Richtung Trailer-Park gehen sah.

Wieder beschleicht ihn ein ungutes Gefühl.

War das Mädchen etwa ganz alleine im Pub, um diese Zeit?
Mary schien sich ihrer anzunehmen, wie eine Verwandte hat sie dennoch nicht gewirkt.

Die Wiesen und Felder neben der Straße sind schon nach kürzester Entfernung kaum noch zu erkennen.
Man kann mit bloßem Auge nicht mehr bestimmen, wie weit sie ins Hinterland reichen.
Bald ist er nur noch eine schemenhaft werdende Gestalt am Straßenrand.
Es wäre sicherlich besser, ein wenig auf der von Schafen abgegrasten Wiese zu gehen, für den Fall, dass ein Raser ihn zu spät wahrnimmt, überlegt er.
Also geht er ein paar Schritte hinein auf den moosweichen Boden und tritt in der Dunkelheit hin und wieder Häufchen von Schafskot platt.
Immer noch besser, als selbst plattgefahren zu werden, grinst er.

Als er die Bucht erreicht, fühlt er sich müde und einsam.
Alle Trailer sind unbeleuchtet.
Die Nacht trägt allerlei Geräusche heran: Brandung, Möwenrufe, Laute anderer Vögel, Menschenstimmen, vorbeifahrende Autos, oben, auf der höher gelegenen Straße.
Das Klatschen des Wassers gegen die Felsen, die zu beiden Seiten die Bucht einrahmen. Kleine Felsen, auf denen er am Abend Kinder herumklettern und spielen sah.
Und vom Pier herüber metallene Geräusche, Netzhaken vielleicht, die im Wellenschaukeln im immer glei-

chem Rhythmus gegen Gestänge oder Masten schlagen. Sowie Geräusche, die er nicht zu bestimmen vermag.

In seinem Trailer endlich angekommen, entkleidet er sich und freut sich fast kindlich auf sein Bett – seine Schlafkoje.
Vorher putzt er die Zähne und nimmt dabei seine volle Blase wahr.
Er geht noch einmal hinaus, barfuß, tritt am Rand der Düne aus, schlendert müde zurück über den Sand, kriecht dann mit sandigen Füßen in sein Bett und horcht erneut auf das Meer und all die Geräusche und Laute.

Nicht gut gelaufen, das Gespräch mit Conor, erinnert er sich müde, muss es wieder gerade biegen, morgen ... vielleicht.
Die Heimkehr der Anderen nimmt er nur noch ganz undeutlich wahr, er schläft eigentlich schon.

Er meint, Daves Stimme zu hören, es kann aber auch der Anfang eines Traumes sein.
Motorenlärm. Er schreckt ein wenig auf.
Ein Auto fährt heran, zu einem Trailer irgendwo nebenan.
Stimmen.
War das gerade Catherine, die gelacht hat?
Das überdrehte Lachen einer Frau, die zu viel getrunken hat.
Der Motor wird nicht ausgeschaltet.

Plötzlich das Geräusch eines Motorbootes.

Oder träumt er auch das?

Aber er vernimmt keine Stimmen mehr. Der Lärm des Wagens ist auch verstummt.

Die Erinnerung daran kommt ihm wie eine weit zurückliegende vor.

Kann man mit einem Motorboot überhaupt an den Strand heranfahren, so seicht wie das Wasser ihm dort heute vorkam?, grübelt er schlaftrunken vor sich hin.

Er wird jedenfalls nicht mehr wach.

Der Schlaf hat ihn sich schon wieder geholt ...

Malin Head

Die Möwen wecken ihn auf.
Sie kreisen kreischend, aufgeregt, und in weiten, gro-
ßen Bögen über der Bucht.
Er hört das Tuckern eines Kahns, noch weiter drau-
ßen.
Sonst ist alles still. Bis auf die ewige Brandung.
Die Schönste aller Melodien.

Niklas überlegt, ob er sich die Decke über den Kopf
ziehen und versuchen soll, weiterzuschlafen.
Bestimmt ist es noch viel zu früh zum Aufstehen.
Er vernimmt keine Stimmen, weder spielende Kinder
noch ihre palavernden Eltern.
Alles scheint noch zu schlafen. Er könnte es auch ver-
suchen.
Aber er hat eine bessere Idee.

Also klettert er aus dem Bett, verärgert, weil es nicht
mehr so flugs geht, wie er es gerne hätte, eben ohne
krachende Gelenke und Schmerzen in den Knien.
Er fragt sich zudem, warum er sich schon seit Jahren
nicht mehr ausgeschlafen fühlt, wenn er morgens erwacht. Und warum er nach dem Aufstehen, an manchen Tagen, gleich wieder ins Bett gehen könnte.

Der Verlust der Bettwärme macht sich auf seiner
nackten, fröstelnden Haut bemerkbar.

Er zieht eine Badehose an, streift einen Pulli über und greift nach einem Handtuch.

Normalerweise würde er nackt baden, so wie er auch nackt schläft, aber er weiß von früheren Irlandreisen, dass die Iren für Nacktbaden kein Verständnis haben.

Spuren des Katholizismus ...

Er geht barfuß zum Strand hinunter.

Die Sonne ist vor nicht allzu langer Zeit erst am östlichen Horizont heraufgeklettert.

Niklas badet in ihrem wärmenden Licht.

Er hat es bitter nötig, denn er vermutet, dass der Atlantik ihn sogleich schockgefroren machen wird.

Das sonnenbeleckte indigoblaue Meer löst in ihm Betrachtungen über Erhabenheit und Dankbarkeit aus.

Vor allem das Gefühl von Dankbarkeit erstaunt ihn.

Dankbarkeit hat er lange nicht mehr empfunden.

Meist gelangte er nach Elsas Tod – wenn überhaupt – erst wieder zur Dankbarkeit zurück, wenn ihm etwas zustieß (eine Krankheit, ein Unfall oder dergleichen) woraufhin er das Geschenk des Lebens wieder neu greifen und auch begreifen konnte.

Er zieht den Pulli aus und legt ihn zusammen mit dem Handtuch auf einen Stein, in Ufernähe.

Die Bucht windet sich sichelförmig.

Draußen vor der Küste macht er ein paar kleine Inseln aus.

Einsam und verlassen liegen die Eilande im blauen, sich kräuselnden Wellenteppich, von schäumender Brandung umspült.

In den letzten Jahren mit Elsa ist er, wegen ihrer Krankheit, so gut wie nicht mehr gereist. Orten wie diesem ist er nicht mehr begegnet.

Perfekt, lächelt er, was für ein Glück, an einem solchen Ort sein zu dürfen.
Er tritt einen Schritt näher an den Wassersaum. Lässt kleine schäumende Ausläufer einer Welle über seine Füße gleiten.
Als sie seine Füße umspülen, tritt er wieder einen Schritt zurück.
Niklas prustet geräuschvoll aus.

Nur Mut, sagt er sich.
Vermutlich wird irgendwer aus einem Trailer zusehen und sich über ihn lustig machen, wenn er jetzt umkehrt. Kneifen geht also nicht.
Da musst du jetzt durch, redet er mit sich selbst.
Er geht langsam, in kleinen Schritten, vorwärts und bleibt erst wieder stehen, als das Wasser ihm bis zu den Knien reicht.
Er zischt durch die Zähne.
Die Kälte scheint in seine Haut zu schneiden.

Weiter, treibt er sich an, nun mach schon, stell dich nicht so an!
Als das Wasser ihm bis zu den Hüften reicht, brüllt er vor Kälte.
Er will umkehren.
Das muss doch nicht sein, sagt er sich und wendet sich um, er kann gut noch einen Monat warten, bis der Atlantik eine angenehmere Temperatur aufweist.

Als er sich umdreht, sieht er am Ufer Conor stehen.
Der Alte beobachtet ihn grinsend und Pfeife schmauchend.
Niklas will ihm die Schadenfreude eines Rückziehers nicht gönnen, wendet sich also erneut um, und springt mit einem Satz, kopfüber, in die Wellen.

Beim Auftauchen prustet er, brüllt und zischt wegen der beißenden, zerrenden, schmerzenden, niederträchtigen Kälte durch die Zähne.
Ein paar schnelle, hastige Züge und nichts als zurück in seichteres Gewässer, wo man stehen und den Oberkörper wieder aus dem Wasser hieven kann.
Ganz gleich, was der Alte am Ufer von ihm denkt.
Aber Conor steht nicht mehr am Ufer, als Niklas zurückschwimmt und aus dem Wasser steigt.
Das Ufer ist menschenleer.

Zum Glück, denkt er, nach einem Gespräch mit diesem Heimatdichter ist ihm jetzt gerade ganz und gar nicht zumute.
Er eilt aus dem Wasser, trocknet sich rasch ab und hastet zum Trailer zurück.
Nur keine Begegnung, denkt er, mit keinem.
Zum ersten Mal fragt er sich, ob er nicht doch besser ein alleinstehendes einsames Cottage hätte kaufen sollen. Ohne Nachbarschaft. Ohne jegliche soziale Anbindung. Ohne Tourismus. Und ohne Pub.
Dann kannst du dich auch gleich verscharren, sagt er zu sich selbst.

Niklas duscht warm und fühlt sich sehr beengt in der winzigen Duschkabine.

Aber man muss ja schon dankbar sein, überhaupt warm duschen zu können.
Dave hat wohl einige technische Dinge für ihn in die Wege geleitet. Er wird ihm zu gegebener Zeit dafür danken.

Das ist eine neue Art Leben, denkt er, ich gewöhn mich besser gleich daran.
Seine Komfortzone hat er jedenfalls verlassen.
Niklas stellt wieder einmal erschrocken fest, dass er laut mit sich selbst redet.
Seit wann macht er das überhaupt?
Wann hat es angefangen?
Vermutlich nach Elsas Tod, sagt er sich.

Er frühstückt Haferbrei, einen Apfel und eine Banane, und trinkt schwarzen Tee dazu, ungesüßt, aber mit viel Milch.
Rasieren wird er sich erst einmal nicht mehr.
Er wird sich einen Bart stehen lassen. Passend zu seinem neuen Leben hier draußen am Meer, schmunzelt er.

Auf dem Tischchen im Wohnzimmer liegen seine Aufzeichnungen – sein Buch.
Noch immer hat er sie nicht angerührt. Er schiebt es auch jetzt wieder auf, wirft nur einen kurzen, angespannten Blick darauf, greift nach dem Autoschlüssel, seiner khakifarbenen Jacke, und verlässt den Trailer.

Die Piste zum Head hinaus wird enger, steiniger, holpriger.

Wiesenwälle und Zäune machen sie an manchen Stellen so schmal, dass man zurücksetzen muss, wenn Gegenverkehr auftaucht.
Oder man hat das Glück, eine Mulde zum Ausweichen zu finden.

Es gibt karge, grünbraune weitschweifige Hügellandschaften zu beiden Seiten.
Felsbrocken und Steine, wild in die Landschaft gestreut, und doch scheinbar verwachsen mit ihr, mit dem Boden. Als wären sie natürliche Auswüchse der Grasnarbe.
Und über allem – ein weiter und klarer, tiepoloblauer Himmel.
Man sieht und spürt förmlich, dass man sich einer rauen, steinigen Küste nähert.
Windböen rütteln an seinem Wagen.

Zur Rechten erstreckt sich der ozeanblaue Wellenhimmel des Atlantiks bis an den Horizont. Die Küstenstraße führt mit einem Mal sehr nah ans Meer heran.
Wenn er jetzt hielte und ausstiege, müsste er nur wenige Meter gehen und käme an irgendeinen Strand.
Er bekommt Lust, einfach anzuhalten, auszusteigen, sich die Klamotten vom Leib zu reißen und hineinzuspringen. Aber er hat etwas vor.
Ein andermal, denkt er.
Vielleicht sogar schon nachher ...

Zur Linken, unschöne, sich ähnelnde, einzelne Bungalows – wahllos hingestreut an Hänge oder auf Wiesen gekleckst – allesamt mit Blick aufs Meer.
Kinderschaukeln ragen aus dunkelgrünen Wiesen.

Wäscheleinen, voll mit bunter Wäsche, die fahnengleich im Wind flattert. T-Shirts, Pullover, Hosen.

Ab und an taucht ein reetgedecktes Cottage direkt am Straßenrand auf, will ihm seine Geschichte erzählen, die eines alten, längst überholten, vielleicht vergessenen Irlands.
Doch er hat nicht die innere Ruhe, sich den Gedanken daran zu widmen.
Ihn beschäftigt ein anderer Gedanke, eine andere Geschichte.

Es sind kleine Ortschaften, die er aufmerksam durchquert.
Für ihn jedoch keine Ortschaften, wie er sie kennt. Es sind lediglich Häuseransammlungen, verstreute Bungalows, ohne Dorfmitte, ohne Apotheke, ohne Laden, ohne Arzt – und ohne Pub.
Die Piste windet sich wieder aus ihnen hinaus.
Er lacht plötzlich los. Was ist das?
Ein Kuriositäten-Laden direkt am Straßenrand.
Der geschlossen ist, was er nun wiederum gar nicht kurios findet.
Welche Ire sollte hier wohl einkaufen gehen. Alles an diesem Land ist doch kurios.
Also, ein Shop für Touristen. Aber ihm ist jetzt nicht nach käuflichem Ramsch, Kram und Kuriositäten.

Schludrig aufgestellte, halbwegs marode Zäune fallen ihm auf, die links und rechts die Wiesen neben der Straße abgrenzen, unterteilen und umgeben.

Wiesen, die sich bis hinab zum Meer erstrecken oder weit über die Hügel und Hänge reichen, wenn sie nicht zu Torfebenen gemacht wurden.

Die riesige Halbinsel ist ein Parzellensystem an Grün- und Braunflächen.
Mal lind- oder minzegrün, smaragd- oder waldmeisterfarben, mal silbergrün leuchtend, oder golden, wenn die irische Sonne sie unumwölkt bestrahlt.
Dann wieder dunkelschattig, in einem gespenstischen Schwarzgrün.

Grün, immer wieder dieses unübertroffene Grün der Insel (in seinen *mehr* als vierzig Schattierungen, so viel ist klar ...) und das karge Tiefbraun der ausladenden Talsenken.
Sowie das dunkle, unheimliche Schwarzbraun der einsamen Torfebenen.
Niklas öffnet das Seitenfenster.
Er will den Wind spüren und das nahe Meer riechen.
Schnuppernd hält er die Nasenspitze hinaus.

Irgendwo blöken Schafe, ein paar davon begegnen ihm mitten auf der Straße und stieben aufgeschreckt davon, als er sie beinahe anfährt, weil sie bis zum letzten Moment mit ihrer Flucht warten.
Er bemerkt, dass er noch immer zu schnell fährt.
Die engen Pisten und vielen Kurven, hinter denen Menschen oder Tiere auftauchen können, verlangen eine angemessene Geschwindigkeit.
Er schimpft laut mit sich selbst wegen seiner Raserei.

Nach der nächsten Biegung entdeckt er ein Tier, das sich, gleich neben der Straße, mit seinen kurzen Hörnern in einem Maschendrahtzaun verfangen hat.

Es stößt verzweifelt und ängstlich mit seinem ganzen Körper vor und zurück, will sich befreien, angstvoll blökend.

Niklas fährt den Wagen auf die Grasnarbe, steigt vorsichtig aus und geht langsam zu dem Tier hin.

Seine ruckartigen Bewegungen werden noch ängstlicher, fast panisch. Die Augen sind weit aufgerissen.

Niklas entdeckt blanke Panik darin. Es rührt ihn an.

Er spricht beruhigend auf das Tier ein, nähert sich vorsichtig noch ein wenig, steht jetzt ganz nah bei ihm und nimmt dessen Geruch wahr.

Für ihn ist das schon Gestank. Ein kurzes Ekelgefühl überkommt ihn.

Aber er will dem Tier helfen.

Vorsichtig packt er es an den Hörnern und redet weiter beruhigend mit dem Tier.

Er entfernt die Schlingen des zerfledderten Zaunes, in die es sich hilflos verfangen hat, und befreit es davon.

Dann tritt Niklas einen Schritt zurück, sagt zu dem Tier: Du bist frei! Und macht mit den Händen eine aufscheuchende Geste.

Das Tier rennt erlöst davon, doch nach ein paar Metern bleibt es stehen, dreht sich um und blökt Niklas zu. Dann schießt es davon.

Niklas fragt sich erstaunt und völlig gerührt, ob das etwa ein Dankeschön gewesen ist, steigt lächelnd wieder in den Volvo und setzt seinen Weg fort.

Einige Minuten später sieht er das einsame Haus mit der roten Türe und den roten Fensterläden zurückversetzt auf einem Hügel stehen, an einen weiteren Hang geschmiegt, der sich im Rücken des weißgetünchten Hauses, grünbraungefleckt, sanft geschwungen erhebt.

Niklas nimmt überall in dieser rauen, von Steinen und Felsbrocken übersäten, Landschaft weiche, geschwungene Linien wahr.
Diese Landschaft strahlt für ihn Weiblichkeit aus.
Die ganz im Gegensatz zu dem rauen Klima steht.
Er lächelt bei diesem Gedanken und biegt ab auf die von Schlaglöchern übersäte Auffahrt zu Marys Haus.

Niklas fährt direkt vor das Haus, stellt den Motor ab, schaut sich das Cottage und die Umgebung, in der es steht, einen Moment lang an, bevor er aussteigt.
Als er auf das Cottage zugeht, schießt ein bellender Hund hinter dem Haus hervor, ihm direkt entgegen.
Niklas flieht zurück in seinen Wagen und verschließt die Türe von innen.
Das alte Trauma ...

Aufgeregt atmend beobachtet er, wie der Hund bellend an seinem Wagen hochspringt und mit seinen dreckigen Pfoten sicherlich Spuren an der Fahrertüre hinterlassen wird. Hoffentlich keine Kratzer, denkt er schlecht gelaunt.
Es ist ein schwarzweißgefleckter Border Collie.
Doch eigentlich wirkt er, trotz seinem Gebelle, ganz harmlos.

Aussteigen kommt dennoch nicht in Frage, solange dieser dämliche Köter aufgebracht herumbellt, denkt Niklas.

Mary erscheint in der Türe und ruft ihren Hund zu sich.
Zu Niklas' Erstaunen folgt der Hund aufs Wort und trippelt schwanzwedelnd zu seinem Frauchen.
Allein schon deswegen hält er Mary für eine interessante Person.
Er hat in seinem Leben noch keine Hundebesitzerin getroffen, die sich auf die Erziehung ihres Tiers verstand.
Für die meisten dieser Frauen sind ihre Hunde gar keine Hunde, sondern entweder Ersatz für fehlende Kinder oder eben *noch* ein zusätzliches Kind zu den schon vorhandenen.

Der Hund pariert, setzt sich still neben sie und wartet gespannt und mit gespitzten Ohren ab, was passiert.
Mary ruft Niklas etwas zu, meint, er könne jetzt aussteigen, Jesper belle nur, beiße aber nicht.
Wie oft er den Spruch schon gehört hat, denkt er missgelaunt, als er die Fahrertüre öffnet.

Mary erwähnt, als er vor ihr steht, dass sie ihn am gestrigen Abend im Pub gesehen habe, an Daves und Catherines Tisch.
Niklas wundert sich, dass er ihr aufgefallen ist.
Ein neues Gesicht, lächelt Mary, noch dazu kein irisches.
Er nickt und meint, dass er sehr gerne ihre Bilder anschauen würde.

Doch eigentlich ist das nur vorgeschoben, denn, wenn er ehrlich ist, hofft er, hier mehr über das Mädchen im Pub zu erfahren.

Sie bittet ihn herein, meint, sie habe gerade Tee gekocht und lädt ihn auf eine Tasse ein. Außerdem müssten noch selbstgebackene Scones da sein, bemerkt sie.
Er nimmt dankend an.
Sie führt ihn ins Wohnzimmer, das vollgestopft ist mit mächtigen Polstermöbeln, einem Jugendstil-Sekretär, Kommoden und allerlei Schränkchen.
Teppiche mit orientalischen Mustern liegen auf einfarbigen Teppichen billiger Machart.
Auf den Tischen, Schränkchen und Kommoden liegen geblümte Deckchen aus.
Nippesfiguren aus Porzellan bevölkern den Raum und die Fenstersimse.
Das ausladende Sofa bietet kaum Platz zum Sitzen vor lauter Plüschkissen.

Wie er den Tee nehme, erkundigt sich Mary, aus der Küche rufend.
Schwarz!, ruft er zurück. Den Wortlaut „Wie das Leben" verkneift er sich.
Mary fragt, ob Dave wohl wieder Werbung für ihre Bilder gemacht habe.
Niklas bejaht lächelnd.
Dave kann es einfach nicht lassen, aber es ist lieb von ihm, meint Mary.
Er sei sehr gespannt auf ihre Bilder, betont Niklas.

Mary lächelt mit einer abwehrenden Geste und ent-
gegnet, er solle nicht zu viel erwarten,
Malen sei nicht ihre größte Leidenschaft, die gelte
dem Singen.
Davon habe er sich gestern überzeugen können, sagt
Niklas lächelnd.
Mary bedankt sich und schiebt ihm einen weiteren
Scone hin, den er, mit einem Hinweis auf sein Gewicht,
dankend ablehnt.
Sie schmunzelt.

Er fragt, ob es nicht viel zu einsam sei, alleine hier
draußen zu leben.
Sie lebe nicht alleine, antwortet Mary, sondern mit ihrem Mann. Er arbeite nur derzeit in England in einer
der Werften und komme im Sommer wieder zurück.
Ihre gemeinsame Tochter sei nach Australien aus-
gewandert, erklärt Mary und deutet zum Kaminsims
hinüber, habe sich dort mit einem Arzt verheiratet. Irland sei ihr zu klein gewesen, zu eng, zu ländlich.

Niklas entdeckt sie auf einer der Fotografien auf dem
Sims, zwischen künstlichen Blumen und Porzellan-
Figuren.
Sie ist ihrer Mutter wie aus dem Gesicht geschnitten.
Nur dass ihrer Mutter noch etwas Wildes, Unabhängi-
ges, aus den Augen leuchtet. Auch das Kinn der Mutter
ist energischer. Die Tochter wirkt sanfter, angepass-
ter.

Als Mary ihn nun bittet, sie in ihre Galerie zu begleiten, fasst er sich ein Herz und fragt nach dem kleinen

Mädchen, das gestern Abend im Pub an ihrer Seite ge-
sessen hat.

Warum er sich nach ihr erkundige, will Mary erstaunt
wissen.

Er erklärt, dass sie ihm aufgefallen sei. Ihre Art, ihr
Blick. Außerdem habe er an ihren Handgelenken
Schnittverletzungen entdeckt, die sie sich womöglich
selbst zugefügt habe.

Mary richtet sich auf, blickt ihn erstaunt und zugleich
abschätzend an.

Lesen Sie vielleicht zu viele Kriminalromane, scherzt
sie verlegen.

Er verneint lachend und erklärt, dass er fast sein ganzes Leben mit Kindern gearbeitet habe, nun in Rente
sei und hier in Irland ein Buch über seine Arbeit
schreiben wolle.

Das sei ja alles sehr interessant, erwidert Mary, aber
weshalb er sich denn für Deirdre interessiere?

Die Erfahrungen aus meinem Berufsleben sagen mir,
dass mit diesem Mädchen ... mit Deirdre ... etwas nicht
stimmt.

Ob er nicht gerade erzählt habe, er sei in Rente.

Niklas erwidert lächelnd, man könne den Instinkt
nicht einfach abschalten.

Mary wirkt sichtlich nervös und ungeduldig.

Was er denn wissen wolle, fragt sie gereizt.

Er erkundigt sich nach Deidres Familienverhältnissen.

Mary sagt, sie wolle nicht darüber reden, zudem ginge
ihn das auch gar nichts an.

Niklas erklärt, dass er eine Vermutung habe und dem Mädchen helfen wolle, wenn das möglich sei.

Als Fremder?, entfährt es Mary. Er könne doch nicht ernsthaft glauben, dass er, als Fremder, und noch dazu als Ausländer, sich hier in eine Familiengeschichte einmischen könne. Niemand würde das erlauben. Das hier sei Irland.
Niklas betont nachdrücklich, dass man Kindern helfen müsse, wenn sie hilfebedürftig seien, hier in Irland und auch überall sonst auf der Welt.

Sie werden in große Schwierigkeiten kommen, wenn sie das tun, warnt Mary. Wie er überhaupt darauf komme, mit dem Mädchen oder ihren Familienverhältnissen könne etwas nicht stimmen.
Erfahrung, meint er nur.
Das ist in der Tat keine normale Familie, lassen Sie die Finger davon, warnt Mary noch einmal.
Niklas erschrickt, obwohl ihm Marys Warnung zeigt, dass er mit seiner Vermutung nicht ganz falsch liegen kann.

Er entgegnet, er sei Schwierigkeiten gewöhnt.
Mary blickt ihn besorgt an und sagt: Solche bestimmt nicht.
Sie bittet ihn nochmals, sich seinetwegen und auch wegen Deirdre aus dieser Sache herauszuhalten.
Das könne er nicht. Die Folgen werde er in Kauf nehmen.
Und das Mädchen, entrüstet sie sich, denken Sie dabei auch an sie?
In erster Linie!

Mary schweigt einige Zeit und bittet ihn dann, zu gehen.

Aber die Bilder ..., wirft er ein.

Mary erklärt, sie sei heute nicht in Stimmung, eines ihrer Bilder zu verkaufen.

Sie erhebt sich, deutet an, ihn zur Türe zu begleiten und sagt, sie bedauere, dass er nun völlig umsonst gekommen sei.

Das sei er doch gar nicht ..., entgegnet er.

Mary blickt ihn irritiert an, fast ein wenig ängstlich.

Er bedankt sich und verlässt das Haus.

Hinter dem Haus bellt Jesper, aber offenbar ist er von Mary angeleint oder in einen Zwinger gesperrt worden, während sie in der Küche verschwunden war, denn es bleibt nur beim Bellen.

Bevor er in seinen Wagen steigt, bemerkt er zum ersten Mal richtig, welche landschaftliche Kulisse sich vor ihm ausbreitet.

Von hier oben, Marys hochgelegenem Grundstück, genießt man einen außergewöhnlichen Blick über die grünbraune herrlich geschwungene, auf und ab wogende Landschaft, bis hin zum Head und dem alten Turm, der auf einer aufragenden Klippe zu stehen scheint.

Grandios, denkt Niklas, tief durchatmend, setzt sich ächzend in seinen Wagen und fährt los. Genau dort will er jetzt hin – zum Head.

Von dort oben die Sicht auf die Küste genießen und ordentlich den Kopf durchpusten lassen. Das Gespräch mit Mary ergab leider nicht die notwendigen Antworten, die er sich erhofft hatte.

Zuerst fällt die Piste in eine ungeheure Talsenke aus parzellierten, von Mauern und Zäunen umgebenen, großflächigen Wiesen. Dann klettert sie stetig bis zum Turm und der Aussichtsplattform hinauf.

Ein Glück, dass ihm kein Wagen entgegenkommt.

Er fährt zu schnell, Gefühle und Vorahnungen beunruhigen ihn, Marys Worte und ihr Blick. Und auch die scheuen, traurigen und verstörten Augen des Mädchens geistern wirr durch seine Gedanken.

Er parkt in einer Einbuchtung, hastet aus seinem Wagen, will zu Fuß zum Head, quält sich hoch, hört sein Schnaufen, hört das Meer, die Brandung, den Wind, der ihm um die Ohren pfeift, der kühl ist, fast ein wenig schneidend, der ihm die Luft nimmt, ihn von der Seite angreift, in Böen, denen er standhalten muss – standhalten will.

Sein angestrengter Atem wird zum Rhythmus, nach dem er seine Füße setzt, einen vor den anderen.

Er will sich hinaufkämpfen auf diesen höchsten Punkt, will den Horizont sehen, die Küste, die schroffen Klippen, die Felsen, die aus dem Meer ragen wie steinige Riesen. Monumente, durch das Meer, den ewigen Wassermassen, vom Festland getrennt.

Er will ans nördlichste Ende der Halbinsel, den nördlichsten Punkt Irlands – nach Malin Head.

Und er will das Meer sehen, von dort oben, wo es bis zum Horizont reicht, wo kein anderes Land mehr in Sicht ist und auch keine weitere Insel.

Er braucht die Weite. Die scheinbar unendliche Bläue. Den ewig wogenden Wellenhimmel des Atlantiks.

Als er schwer atmend bei dem alten maroden Turm ankommt, setzt er sich, tief beeindruckt von der Szenerie, die sich vor ihm ausbreitet, an die zum Meer gewandte der vier Turmwände, lehnt sich an, spürt die Kühle des Betons im Rücken und unter ihm und denkt, das wird seinen alten Knochen nicht bekommen und vielleicht auch nicht seinem Hintern, aber verharrt dennoch auf dem kalten Steinboden, angelehnt an diesen Rest eines alten Wachturmes.

Plötzlich ist er Teil dieser beeindruckenden Landschaft, einer felsigen, hier sanften, dort rauen Küstenlinie, ist Teil des dröhnenden Meeresrauschens, der wildschäumenden Gischt, schießt mit ihr an den schroffen Felswänden der Klippen hinauf, silbrig, glitzernd, sprühend vor Leben und Kraft, stürzt mit den schreienden Möwen aus dem indigoblauen Himmel hinab in die Tiefe, in die gefährlich tosenden Wellen – um zu jagen.

Ich selbst bin solch ein alter Wachturm, denkt er, schon etwas zusammengefallen, etwas ruinös. Aber der Turm könnte noch seinen Zweck erfüllen, wenn man ihn bräuchte.

Er spürt, dass er hier jetzt gebraucht wird, hier an diesem Ort, in dieser Geschichte.
Ob man ihn lassen oder sogar daran hindern wird, das liegt nicht in seiner Macht.
Er weiß, dass er hier nicht wegschauen darf.
Sollte er sich irren, umso besser.
Doch wenn nicht, wird er tun, was getan werden muss.

Deirdre

Vor ihm liegen die vielen Tonbänder und sein altes Diktiergerät, mit dem er alle Gespräche aufgezeichnet hat.
Natürlich nur für sich selbst, zu Archivzwecken, und um nicht zu vergessen.
Um die Gesprächsverläufe und Schicksale der Kinder, mit denen er beruflich zu tun hatte, festzuhalten.

Sie dienen ebenso als Dokumente, Hinweise und Zeitzeugnisse.
Schließlich ging es auch darum, ihn in den Einzelgesprächen gegen eventuelle spätere Vorwürfe oder Anschuldigungen abzusichern.
Man wusste ja nie, in was man geriet, wessen man von Eltern oder Kindern im Nachhinein beschuldigt werden konnte, gerade, wenn es um sexuellen Missbrauch oder Kindesmisshandlung ging.

Er hat den Laptop aufgeklappt, versucht sich gerade an der Einleitung zu seinem Buch, als er sie am rechten der beiden Felsen aus den Dünen kommen sieht, am Wassersaum entlang, in die Mitte der Bucht.
Dort setzt sie sich in den Sand, zieht einen kleinen Zeichenblock aus ihrer Umhängetasche, die voller Buttons und Sticker ist.
Sie blickt aufs Meer und beginnt zu zeichnen.

Sie malt also, denkt er, das ist gut, beim Malen kann sie vielleicht ein wenig von dem verarbeiten, was ihr angetan wurde.
Vielleicht möchte sie die kleine Inselgruppe zeichnen.

Er beobachtet sie.
Sie wirkt konzentriert, schaut auf, hinaus aufs Meer, zurück auf ihren Block, zeichnet, skizziert vielleicht nur. Sie zeichnet schnell, mit raschen Bewegungen.
Dann wischt sie mit ihrem Ringfinger über manche Stellen.
Sie trägt eine lange Jeans, helle Sneakers und einen Langarm-Pulli, mit dem sie wohl die Spuren verdecken will, denkt er.
Ihr rötlichbraunes Haar hat sie zu einem Pferdeschwanz gebunden.

Niklas überlegt, ob er zu ihr gehen und sich vorstellen soll.
In diesem Moment stürzt ein Junge zwischen den Trailern hervor und rennt zu ihr hin.
Die beiden scheinen sich zu kennen. Sie begrüßen sich, wenn auch von Deirdres Seite aus äußerst verhalten.
Sie wirkt, als komme ihr diese Begegnung im Moment ungelegen, wendet sich sogar ein wenig von dem Jungen ab.

Der Junge verhält sich aufdringlich.
Niklas schätzt ihn auf vierzehn oder fünfzehn Jahre. Allzu groß ist er nicht, eher klein geraten, dafür kräftig gebaut. Seine roten Spaghettihaare scheinen lichterloh zu brennen. Das Gesicht ist übersät mit

Sommersprossen. Seine Bewegungen sind ungelenk und fahrig.

Laut Statistik soll es in Irland ja gar nicht so viele Rothaarige geben, wie stets behauptet wird, doch Niklas ist da anderer Meinung.
Mit dem alten Conor, dessen lichtes und spärliches Haar noch immer rötlich und nicht grau schimmert, sind es immerhin schon drei Menschen, alleine hier in diesem winzigen Trailerpark. Conor, Dave und dieser Bursche hier.

Niklas wischt diese unnützen Gedanken wieder beiseite und beobachtet, dass die beiden jungen Menschen wohl in der Zwischenzeit in Streit geraten sind.
Der Bursche ärgert Deirdre, er stößt sie mit den Schuhspitzen an, zieht an ihren Haaren, albert um sie herum, plappert auf sie ein.
Vielleicht ist er verknallt, denkt Niklas, oder er will sie einfach nur ärgern. Lästig zwar, aber ungefährlich.

Deirdre gibt dem Jungen zu verstehen, dass er verschwinden soll, aber es scheint ihn nicht zu beeindrucken.
Eine ganze Weile geht das so hin und her zwischen den beiden.
Niklas ärgert sich nun schon selbst über den lästigen Schwachkopf, sodass er am Liebsten hinausgehen und den Burschen verscheuchen möchte, als Deirdre ihren Zeichenblock einpackt, sich erhebt und vor dem Burschen flüchten will.
Sie schreit ihn an, er solle sich verpissen, doch er grinst nur.

Er frotzelt, piesackt sie mit Worten, streicht um sie herum, stößt sie mit der Schulter an und findet sich und dass alles wohl äußerst witzig, bis er ihr vor lauter Übermut an die Brust grapscht.

Niklas packt die Wut.

Im gleichen Moment wirft Deirdre ihre Tasche zu Boden und schlägt dem überraschten Jungen mit voller Wucht auf die Nase. Ein rechter Haken.

Wenn Niklas nicht alles täuscht, hat er soeben das Nasenbein des Jungen brechen hören, selbst auf diese Entfernung. Die Fenster stehen sperrangelweit offen, er liebt die Meeresbrise.

Der Junge wankt und hält sich schreiend vor Schmerzen beide Hände vor die Nase.

Unter seinen Händen schießt Blut hervor.

Niklas springt auf, stürzt barfuß und in kurzen Hosen nach draußen. Er wünschte, es ginge schneller – sein verdammter alter schwerfälliger Körper.

Als er um den Trailer läuft, sieht er, wie Deirdre mit Fäusten auf den Jungen einschlägt, auf ihn einschreit, böse Beschimpfungen hervorstößt.

Sie trommelt mit ihren Fäusten gegen seinen Kopf (der Junge versucht, Gesicht und Kopf mit Armen und Händen zu schützen) und spuckt ihn an.

Dann zerrt sie ihn an den Haaren zu Boden, reißt ihm dabei ein Haarbüschel aus, springt mit den Knien auf seinen Körper und schlägt ihm erneut die Faust ins Gesicht.

Er schreit und heult in spitzem Ton. Fast so, als hätte er Todesangst.

Das ist eine totale Eskalation!

Niklas geht der Schrei durch Mark und Bein.

Gleich ist er bei den beiden.

Aus den Augenwinkeln sieht er Dave und Catherine aus ihrem Trailer eilen.

In Catherines Gesicht liest er blankes Entsetzen.

Als er, schwer atmend, bei den beiden ankommt, zerrt er Deirdre von dem Jungen herunter. Sie schlägt weiter um sich, schreit und geifert.

Noch nie hat Niklas ein Kind so voller Hass erlebt.

Das Mädchen schlägt auch nach ihm, trifft ihn an der Schläfe, er taumelt.

Dave kommt ihm zu Hilfe, nimmt Deirdre in den Polizeigriff.

Das Mädchen schreit vor Schmerz auf.

Catherine stößt hinzu und schimpft wütend auf Deirdre ein.

Währenddessen hat sich Niklas von dem Schlag erholt und weist Dave an, das Mädchen loszulassen, ihr nicht wehzutun.

Dave poltert, was er denn glaube, sie werde doch gleich wieder auf den Jungen losgehen.

Catherine meint entrüstet, man müsse die Polizei rufen.

Nicht die Polizei, ereifert sich Niklas, auf keinen Fall die Polizei.

Alle müssen sich fast anbrüllen, so laut ist das Geschrei des Mädchens.

In den Cottages und Häusern oberhalb der Bucht werden Fenster geöffnet, neugierige Gesichter erscheinen.

Eine Handvoll Kinder kommt die Zufahrt zum Strand

heruntergerannt, will dem Spektakel so nah wie möglich beiwohnen.
Catherine versucht erfolglos, sie zu verscheuchen.

Lass sie los!, ruft Niklas in den Lärm hinein. Lass sie los! Sie wird nicht mehr schlagen.
Er wendet sich an Deirdre und sagt eindringlich: Ist es nicht so, Deirdre. Deirdre? Hörst du? Du wirst jetzt nicht mehr schlagen, es ist vorbei. Vorbei, hörst du ...
Er spricht langsam, leise und beruhigend.

Du kannst sie jetzt loslassen, sagt er noch einmal zu Dave. Deirdre wird nicht mehr zuschlagen, sie hat sich beruhigt. Ist es nicht so, Deirdre?
Deirdre beruhigt sich tatsächlich. Dave lockert seinen Griff.
Du kannst sie jetzt loslassen, Dave, wiederholt Niklas, sie ist schon viel ruhiger geworden, siehst du. Ist es nicht so, Deirdre?
Niklas blickt ihr direkt in die Augen. Hörst du, Deirdre, Dave wird dich loslassen und du wirst nicht mehr schlagen, in Ordnung?

Deirdres Geifern und Wüten ist in Weinen übergegangen, seit Niklas sie angesprochen hat. Sie starrt ihn beinahe entgeistert an. Dieser fremde, ruhig und eindringlich sprechende Mann scheint sie zu irritieren.
Niklas' Worte scheinen zu wirken.
Am Ende fällt sie in sich zusammen und schluchzt mit bebenden Schultern.
Auch Catherine hat sich wieder beruhigt, legt den Arm um Deirdre und führt sie in ihren Trailer, während Dave dem jungen Burschen aufhilft.

Der Junge hält sich noch immer die Hände vors Gesicht. Sein Shirt ist voller Blut.

Er heult und jammert, schimpft auf die kleine Schlampe, die ihm das angetan hat.

Niklas sagt, dass er gesehen habe, wie er sie belästigt und ihr an die Brust gefasst habe, er solle sich also nicht darüber wundern.

Der Junge erwidert aufgebracht, weshalb er sich eigentlich einmische, er solle sich lieber um seinen eigenen Scheiß kümmern.

Dave ermahnt den Jungen, sich zu benehmen, den Gast nicht zu beleidigen. Daraufhin verstummt der Bursche, schimpft nur noch murmelnd vor sich hin.

Niklas betont, dass der Junge einen Arzt bräuchte.

Dave erklärt sich bereit, mit dem Jungen nach Carn zu fahren, ihn zum Arzt zu bringen, seine Eltern anzurufen, und dass er außerdem Catherine bitten würde, Deirdres Vater anzurufen, damit er sie abholen komme.

Niklas bedankt sich schulterklopfend bei ihm.

Der Junge mischt sich schimpfend ein, meint, bösartig lachend, dass sie dann ja wohl auch ihre Tracht Prügel bekommen werde.

Niklas blickt Dave fragend an.

Dave senkt die Stimme, entgegnet vertraulich: Ihr Vater ... na ja, und wiegt den Kopf dabei.

Er legt die Hand auf die Schulter des Jungen, verabschiedet sich mit einem vielsagenden Blick von Niklas und sagt zu dem Burschen: Komm, Junge, wir lassen mal nach deiner Nase schauen.

Auf dem Weg zum Auto verscheucht Dave die noch immer gaffenden und lachenden Kinder.

Niklas verzieht sich in seinen Trailer. Er braucht Ruhe, sein Puls rast.
Der Kopf schmerzt, in seiner Schläfe pocht es. Er schaut, ob es im Eisfach des Kühlschrankes Eiswürfel gibt, aber das Eisfach ist leer.
Na gut, dann muss es eben so gehen, denkt er und legt sich aufs Bett.
Ihm ist ein wenig schwindlig, die Knie sind ganz weich. Seine Hände zittern.
Die ganze Sache hat ihn mitgenommen.

Das Mädchen ... denkt er ... eine solche Eskalation wegen des Grapschens?
Wenn sie ihm eine geknallt hätte, von mir aus auch mit der Faust – aber das!
Hat sie ein Aggressionsproblem? Impulskontrollverluste?
Ihr Verhalten bekräftigt seine Vermutung, dass irgendetwas mit ihr nicht stimmt. Er will es herausfinden. Wenn er ihr helfen kann, will er es tun.
Er schläft erschöpft ein und wacht am Gebrüll eines Mannes auf, der vor Dave und Catherines Trailer tobt und wohl gleich randalieren wird, vermutet Niklas.

Was brüllt der Mann da?
Man soll ihm seine Tochter herausgeben, sonst tritt er die Türe ein! Wo das kleine Miststück sei! Man soll es endlich herausschicken!
Niklas klettert aus der Schlafkoje so schnell er kann, tritt ans Fenster, sieht den kleinen, aber sehr stämmi-

gen und wütenden Mann, der gegen Catherines und Daves Trailertüre hämmert. Er hat ein breites Kreuz und einen breiten Schädel. Seine Hände sind klein, aber kräftig.

Schlammfarbene Cordhose, dunkelgrauer Strickpulli, grüne Gummistiefel. Der Kerl ist gekleidet wie ein Farmer.

Niklas überlegt, ob er hinausgehen und Catherine zu Hilfe kommen sollte.

Er zögert jedoch, ist hin und her gerissen. Auch spürt er, dass er sich vor dem Mann und der Konfrontation mit ihm fürchtet.

Schließlich hat er, Niklas, vor einer Stunde dessen Tochter eskalieren erlebt. Ja, sogar selbst einen Schlag gegen die Schläfe abbekommen, die übrigens noch immer schmerzt.

Er nimmt seinen eigenen Puls noch immer als rhythmisches Pochen in der Stirn wahr.

Was soll er nur tun?, fragt er sich nervös und mit dem Anflug eines schlechten Gewissens.

Da öffnet sich die Türe des Trailers und Catherine erscheint.

Sie fordert den Mann eindringlich auf, sich zu beruhigen, sonst werde sie die Polizei rufen. Catherine wirkt ängstlich, doch auch mutig, so wie sie sich gegen den brüllenden Mann stellt und ihn ermahnt.

Deirdres Vater nimmt tatsächlich Vernunft an und hört auf zu brüllen.

Catherine erzählt, Deirdre wurde angegrapscht und habe sich nur verteidigt. Er solle sie mit nach Hause nehmen und ihr ein wenig Ruhe gönnen. Der Junge, den sie angegriffen habe, sei aus Middletown und würde keine Anzeige erstatten, sie habe schon mit ihrem Mann telefoniert, der im Moment mit dem Jungen beim Arzt sei, bis dessen Eltern eintreffen und ihn abholen.

Deirdres Vater erwidert mürrisch etwas, das Niklas nicht versteht.
Starke Frau, denkt Niklas, und sieht, wie Catherine zur Seite tritt, um Deirdre vorbeizulassen.
Als ihr Vater seine Tochter im Türrahmen entdeckt, macht er kehrt, ohne sie zu begrüßen, schnauzt im Weggehen, dass sie schleunigst mitkommen und bloß die Klappe halten solle. Man würde zuhause alles klären.

Was dort passieren wird, kann sich Niklas lebhaft vorstellen.
Das hatte er oft genug erlebt oder im Nachhinein erzählt oder zu lesen bekommen. Sowohl von misshandelten Kindern als auch in Jugendamt- und Polizeiberichten.
Hunderttausende deutsche Eltern misshandelten ihre Kinder.
Tun es noch heute!
Weshalb nicht auch die irischen ...

Er tritt vom Fenster zurück, will nicht von diesem Mann gesehen werden.
Deirdre folgt ihrem Vater ängstlich und zögernd. Der ruft ihr zu, ob sie glaube, dass er den ganzen Tag Zeit habe.

Als Deirdres Vater Niklas' Trailer passiert hat, macht Niklas wieder einen Schritt zum Fenster hin. Deirdre schaut auf, ihre Blicke begegnen sich. Niklas winkt ihr zum Abschied mit einer vertrauensvollen Geste zu.
Sie nickt.
Niklas brüht sich Tee auf und geht mit der Tasse nach draußen, zum Felsen.
Das Hochklettern mit der Tasse in der Hand ist keine leichte Übung mehr für ihn.
Tee schwappt heraus, klatscht auf das felsige Gestein.
Er flucht über seine Ungeschicklichkeit. Über die Unsicherheit auf den Beinen.
Über sein Alter.

Er trinkt in kleinen, vorsichtigen Schlucken, starrt dabei grübelnd aufs Meer und nimmt doch kaum Notiz davon. Das Mädchen geht ihm nicht mehr aus dem Sinn, und die Gewalt, die ihr nun vielleicht zuhause droht.
Ganz zu schweigen davon, womit sie sonst noch zu kämpfen hat oder was ihr möglicherweise angetan wird.

Bilder strömen auf ihn ein.
Innere Bilder, gegen die er sich zuletzt, während seiner Arbeit, wehren musste.
Bilder, von denen er weiß, dass sie auch wieder kommen werden, wenn er sich mit den gesammelten Gesprächen für sein Buch beschäftigt.

Aber dass sie jetzt, wegen dieses Mädchens, auf ihn einströmen, damit hat er nicht gerechnet, als er den Entschluss fasste, hierher zu kommen, nach Irland.

Er spürt, dass etwas ihn einholt. Spürt es schon seit Tagen und es lässt ihn nicht mehr los. Vielleicht schon seit dem Zeitpunkt, als er ihre Schnittverletzungen am Handgelenk bemerkt hat.

Wann begann das Gefühl?
Als er sie am Straßenrand entlang trotten sah, als er einen Moment langsamer fuhr und sich überlegte, ob er ihr anbieten solle, sie ein Stück mitzunehmen, als ihre Blicke sich trafen? Begann es da?
Und gerade, vor einer Stunde, als sie ihrem Vater nachging, trafen sich ihre Blicke erneut. Doch es war eine andere Begegnung, diesmal.
Vielleicht hatte sie verstanden, dass er sie *sah*.

Wie so oft in seinem Leben fiel ihm eine Statistik ein, die er vor vielen Jahren schon in die Finger bekommen und gelesen hatte. Seitdem dringt sie von Zeit zu Zeit wie eine Heimsuchung in seine Gedanken, die ihn verfolgt, quält, und gefangen nimmt.
Jedes vierte Mädchen in Deutschland soll sexuell missbraucht werden.
Und jeder achte Junge.

Wie viele es wohl in Irland sind?
Er fragt sich, ob der irische Katholizismus wohl eine Rolle spielt bei der Zahl der missbrauchten Kinder. Vielleicht hindert er ja doch manchen Täter oder manche Täterin letzten Endes ein Verbrechen zu begehen. Andererseits, wie viele getaufte Katholiken sind denn tatsächlich „gläubig" und gehören nicht nur wegen ihrer Taufe der katholischen Kirche an?

Ein schöner Platz, sagt plötzlich eine Stimme, ein Platz, um nachzudenken.

Er zuckt zusammen. Catherine steht hinter ihm.

Weshalb hat er sie nicht bemerkt?

Wie ist sie den Felsen hochgekommen, ohne von ihm wahrgenommen zu werden?

Warum ist sie überhaupt hier?

Er nickt nur.

Sie sagt, dass sie nicht stören wolle und wendet sich wieder zum Gehen.

Niklas bittet sie, zu bleiben, lädt sie ein, sich zu setzen.

Ein wenig Damengesellschaft nach all der Aufregung kommt ihm nicht ungelegen.

Zumal er nur noch selten in solchen Genuss kommt.

Wobei, wenn er an gewisse Kolleginnen beim Jugendamt oder gar in den verschiedenen pädagogischen Einrichtungen denkt, dann hätte er auf so manche Damengesellschaft und Begegnung in seinem vergangenen Leben lieber verzichtet.

Aber er ist neugierig, was Catherine zu ihm führt.

Er sagt lächelnd, dass er ihr leider keinen Tee anbieten könne. Und ärgert sich zugleich über die anbiedernde Art, auf die er es gesagt hat.

Du lieber Himmel, schimpft er sich selbst, lass das doch, du musst jetzt nicht den Charmeur geben, das ist peinlich!

Und gleich darauf zieht er sich wieder in sich zurück.

Das war 'ne ganz schlimme Sache vorhin mit Deirdre, meint Catherine und setzt sich in einiger Entfernung neben ihn.

Niklas mustert sie.

Okay, es geht ihr um Deirdre, denkt er und fragt, wer das Mädchen sei.

Er wirft einen scheuen und kurzen Seitenblick zu Catherine, auf ihre gebräunten Beine, die im Vergleich zu ihren schwammigen Armen noch recht hübsch sind, wenn auch kräftig.

Du meine Güte, was ist in dich gefahren!, zieht er mit sich ins Gericht, schau dich doch einmal selbst an, deine Beine sind dünn und knochig, graubehaart, fleckig, und krumm wie der Säbel eines Beduinen, und du beurteilst die Beine und das Aussehen dieser Frau, als wärst du bei einer Pferdeschau. Ist aus dir etwa ein altes Macho-Arschloch geworden?

Deirdre, beginnt Catherine, sie wohnt drüben in Ballygorman, bei ihrem Vater und ihren zwei älteren Brüdern.

Niklas horcht auf. Und ihre Mutter?

Ist vor zwei Jahren abgehauen, sagt Catherine, ich glaube, nach England. Oder noch weiter. Keine Ahnung, wie man als Mutter seine Kinder alleine lassen kann.

Pure Verzweiflung, entgegnet Niklas ... oder Angst.

Aber doch nicht sein kleines Mädchen, empört sich Catherine, weshalb hat sie nicht wenigsten Deirdre mitgenommen?

Niklas hebt die Schultern.

Er blickt Catherine direkt in die Augen, vielleicht sogar ein wenig zu lange. Aber das helle Blau ihrer Augen ... die flache Stirn und das blonde Haar ... die Sommersprossen ...
Du musst das lassen, alter Mann!, ermahnt er sich.
Er fragt, ob Deirdre öfter solche Ausbrüche habe.
Jesus, nein!, fährt Catherine auf, so habe ich sie noch nie erlebt. Sie ist sonst sehr schüchtern und scheu. Kommt selten her und redet wenig. Eigentlich nie, wenn ich es mir genau überlege. Selbst wenn sie angesprochen wird, redet sie kaum und gibt nur widerwillig Antwort.
Spielt sie mit den anderen Kindern?
Catherine überlegt. Nein ... ich glaube nicht ... eigentlich hat sie ... überhaupt keine Freunde. Sie ist eine totale Einzelgängerin, streunt umher!

Niklas nickt schweigend.
Die Nähe der Frau ist ihm nun unangenehm. Ihr Parfüm ist zu dick aufgetragen. Unter ihrer Bluse taucht der rote Büstenhalter auf, immer, wenn eine Windböe eine Hälfte der geöffneten Bluse zur Seite weht.
Das muss doch nicht sein, denkt er sich, so viel wellige Haut und hervorquellenden Busen erträgt er nicht, empfindet es nunmehr als Zumutung. Sie erzeugen Bilder in ihm, die er ebenso wenig haben möchte wie all die anderen.

Nach Elsa gab es keine Frau mehr in seinem Leben.
Auch keine Prostituierten.
Die sexuelle Lust, die sich glücklicherweise nicht mehr einstellt, hatte er immer selbst bewältigt.

Er wirft einen raschen, verlegenen Blick auf Catherines Zehen und auf die knallrot lackierten Nägel. Schöne Zehen hat sie auch noch, denkt er lächelnd.
Dave hat bestimmt seine Freude mit und an ihr. Aber er ist ja auch gut und gerne fünfzehn Jahre jünger ...

Er räuspert sich, will zum Gespräch zurückfinden.
Was ist mit ihrem Vater?, fragt er, ist er gewalttätig?
Catherine blickt ihn fragend an.
Niklas bemerkt ihr Zögern. Vermutlich überlegt sie in diesem Moment, ob sie ihm, dem Fremden, dem Ausländer, etwas über diese irische Familie erzählen soll. Schließlich sind es im Entferntesten ihre Nachbarn. Sie muss noch mit ihnen leben, wenn er, Niklas, längst wieder zuhause in Deutschland ist.
Ich weiß nicht, ob ich ..., beginnt sie.
Keine Sorge, entgegnet Niklas, es bleibt unter uns, versprochen.

Catherine lächelt zaghaft und sagt, er prügle sich gerne, schlage auch seine Söhne. Vor allem, seit Linda, seine Frau, abgehauen sei. Ob er auch Deirdre schlage, wisse sie nicht.
Niklas blickt sie forschend an und nickt.
Ihn wundert diese Information nicht. Es traut es dem Mann zu, der vor einer Stunde hier randaliert hat. Gleichzeitig weiß er, dass er sie verwenden wird, wenn er dem Kind damit helfen kann, Versprechen hin oder her, er wird es brechen, wenn es notwendig sein wird.

Catherine wird es ihm übel nehmen, wenn es zum Äußersten kommt und er die Information über Deirdres Lebensumstände weitergibt.

Aber was sind schon Catherines Befürchtungen gegen das, was dieses Mädchen vielleicht sonst noch erdulden muss.

Oder leben die Menschen hier derart für sich alleine und selbstbezogen, fragt er sich, dass sie zwar alles vom anderen mitbekommen, aber nie darüber sprechen, selbst wenn misshandelt oder sogar missbraucht wird?

Aber warum sollte ihn das auch wundern, hat er nicht in Deutschland genau dasselbe erlebt.

Mütter, Väter, Nachbarn, Familienmitglieder, ja, sogar Lehrerinnen und Lehrer, die Bescheid wussten und schwiegen, vor Scham, Feigheit, Angst oder Desinteresse, und später sogar logen, wenn alles herauskam!

Verdammtes Pack!, denkt Niklas zornig und wundert sich, wie lange die Wut über solche Menschen bei ihm anhält.

Vielleicht wird er sie sogar mit ins Grab nehmen müssen.

Mit Deirdres Vater ist nicht zu spaßen, meint Catherine, ich möchte ihm lieber nicht in die Quere kommen.

Ihre Worte holen ihn aus seinen Grübeleien.

Das darf aber keine Rolle spielen, wenn es um das Wohl eines Kindes geht, erklärt Niklas.

Catherine fühlt sich durch seine Worte offenbar pikiert. Sie lächelt verlegen, zugleich verärgert (wie er findet) und meint, dass er sie eben wohl falsch verstanden habe.

Niklas will etwas erwidern, will nicht missverstanden werden. Schon gar nicht von ihr, und fragt sich im selben Moment, warum ihn das gerade bei Catherine noch mehr ärgern würde als bei jemand anderem.

Doch in diesem Moment kommt Daves Wagen die Zufahrt zum Trailer-Park heruntergefahren.

Er winkt aus dem fahrenden Auto heraus. Die Goldringe an seiner Hand reflektieren funkelnd das Sonnenlicht.

Catherine erhebt sich mit einem gespielten Lächeln und wünscht Niklas noch einen schönen Tag.

Er hebt seine Teetasse zum Gruß und ärgert sich, dass der Tee während des Gespräches sicherlich kalt geworden ist.

Am Abend beginnt es zu regnen.

Slievebane Bay

Er sitzt mit Zeichenblock und Bleistift auf dem linken der beiden Felsen, welche die Bucht einrahmen, und versucht, die Inseln zu malen, die vor der Bucht liegen – die Garvan Isles.
Er weiß selbst nicht so recht, woher der Impuls zu malen kam. Noch dazu mit Bleistift.
Licht und Schatten auf den ansteigenden Inselhängen bereiten ihm Probleme. Und natürlich die Brandung am Inselsaum.

Vor Jahren hat er schon einmal zu malen versucht, als seine Frau noch lebte. Hat das Gartenhäuschen zum Atelier umgebaut und sich mit Staffelei und Farben an den Wochenenden dahin zurückgezogen.
Doch schon nach ein paar Monaten hat er es wieder aufgegeben.
Die Aquarellmalerei lag ihm nicht. Er kann sie noch so schön finden, aber zum Aquarellmaler taugt er nicht.

Endlich kommt er mit seinem Buch voran, tippt jeden Tag zwei oder drei Stunden am Vormittag und nimmt sich dann den Rest des Tages frei von der schriftstellerischen Arbeit, fährt herum, schwimmt, wandert auf kleineren Berge im Innern der Halbinsel – oder malt eben neuerdings.
Seit drei Tagen, um genau zu sein.

Als der Regen von einer Minute auf die andere aufgehört hatte.

Das Malen bereitet ihm Freude.

Da sitzt er also mit seinem Malblock und skizziert die Garvan Isles.

Das Pier erscheint ihm nicht malenswert, obwohl es mit seiner betongrauen Schroffheit und mit den festgemachten bunten Fischkuttern fast schon malerisch gegen das Grünblau des Meeres und das hellere, silberfarbene Blau des Himmels kontrastiert.

Aber soweit ist er noch nicht, denkt er, dergleichen zu malen. Ihm reicht schon die möglichst getreue Darstellung der Inselgruppe.

Er hat sich im Supermarkt in Carn eine Baseball-Mütze besorgt, um sich vor der Sonne zu schützen. Er kommt sich zwar ein wenig affig vor mit dem Ding (vor allem wegen des grünen vierblättrigen Kleeblatts vorne in der Mitte der Mütze) aber die Farbe hat es ihm angetan. Sie ist orange.

Sechs Tage lang hat er versucht, Deirdre zu finden.

Er fuhr bis nach Carndonagh und auch sonst in der Gegend umher, suchte sie überall.

Er lungerte sogar ein Mal vor Marys Haus herum, in der Hoffnung, sie dort anzutreffen.

Auch in den Trailer-Park ist das Mädchen seither nicht wiedergekommen.

Er macht sich Sorgen um sie. Hofft, dass ihr nichts zugestoßen ist.

Vielleicht hat sie ja auch nur Hausarrest, beruhigt er sich.

Dennoch ist der Tag wunderbar.

Blauer Himmel, blaues Meer, leichter Wind, der nach etwas duftet, das er noch nicht beschreiben kann. Unter ihm murmelt das Wasser und über ihm kreisen die Möwen, hin und wieder einen spitzen Schrei ausstoßend.

Ein paar Wölkchen ziehen harmlos am östlichen Himmel klammheimlich nach England, fasrig, in langen dünnen Schleiern, doch bevor sie andere, größere Inseln erreicht haben, dürften sie sich längst aufgelöst haben.

Sie malen noch nicht sehr lange, sagt plötzlich eine Stimme hinter ihm.

Vor Schreck fällt ihm beinahe der Zeichenblock aus den Händen.

Er wendet sich abrupt und mit schmerzverzerrtem Gesicht um, weil ihm die ruckartige Bewegung in den Rücken gefahren ist.

Da steht sie vor ihm: Deirdre.

Er wundert sich, erschrickt, freut sich, jetzt fährt es ihm auch noch in den Magen.

Das stimmt, meint er, mit Bleistift erst seit drei Tagen.

Das sieht man, lächelt sie.

Verlegen klappt er den Malblock zu.

Sie müssen genauer hinsehen, erklärt sie, achten Sie auf die Schatten, verwischen Sie manchen Strich, es wird weicher.

Danke, antwortet er, du malst wohl schon etwas länger als ich?

Schon immer, sagt sie.

Er überlegt einen Moment und lädt sie ein, sich zu ihm zu setzen.

Vielleicht ist sie bereit, ein wenig mit ihm zu reden.

Auf den Vorfall mit dem Jungen will er sie jedoch nicht ansprechen.

Sie erschrickt jedoch.

Das geht nicht, sagt sie, ich muss weiter. Schönen Tag noch.

Sie springt vom Felsen in den Sand.

Er ruft ihr nach, Sie könne ihm ja wieder mal ein paar Zeichentipps geben.

Aber sie ist schon auf dem Trampelpfad hinauf zum Pub, hat die Bucht hinter sich gelassen.

Ob sie ihn noch gehört hat?

Noch lange sitzt er auf dem kleinen Felsen und blickt nachdenklich aufs Meer.

Er kommt zu dem Schluss, dass er sich nicht geirrt hat, etwas stimmt nicht mit ihr!

Ihr Erschrecken bei seiner Einladung, sich zu ihm zu setzen. Ihr Davonjagen, das man fast schon „Flucht" nennen konnte. Ihr gehetzter, ängstlicher Blick. Und vor allem die querverlaufenden Schnittwunden an ihren Handgelenken, die sie mit Freundschaftsbändchen und Lederarmbändern zu verstecken sucht.

Ein Suizidversuch?

Niklas weiß nun, dass er ihr helfen muss.

Tagelang wartet er vergeblich auf sie, verbringt viel Zeit in der Bucht, unterhält sich mit Dave, das heißt, er selbst hört mehr zu als dass er bei Dave zu Wort kommt, genießt Catherines Backkünste, geht dem alten Conor geflissentlich aus dem Weg, schwimmt viel, versucht sich an neuen Bleistiftzeichnungen und schreibt an seinem Buch.

All diese Gespräche noch einmal zu lesen, versetzt ihn oft in jene Zeit zurück. Auch in die Stimmungen, die Wut und Ohnmachtgefühle von damals.

Er hat aufgehört, Musik zu hören.

Lauscht nur noch den Brandungsgeräuschen und den Möwen. Vogelrufe, menschliche Stimmen, Boots- oder Motorengeräusche, er weiß allmählich zu unterscheiden, zu differenzieren, zu erkennen.

In der fünften Nacht, seit seinem Gespräch mit Deirdre auf dem kleinen Felsen in der Bucht, reißt ihn ein Motorengeräusch aus dem Schlaf.

Das leise Schnurren des Bootsmotors kommt ihm bekannt vor. Er weiß nur in diesem Moment nicht, woher.

Er klettert schlaftrunken und umständlich aus seiner Koje und tritt ans Fenster, nackt wie er ist, schiebt den Vorhang ein wenig zur Seite und erkennt nur schemenhaft ein Boot in der Bucht, nahe beim Felsen, wie um nicht erkannt zu werden.

Der Himmel ist bewölkt und sternenlos.

In diesem Moment wird der Motor abgeschalten. Kurz darauf nähert sich ein Schlauchboot dem Ufer mit zwei Gestalten darin.

Schmuggler?, fragt er sich grinsend.

Dennoch, diese nächtliche Aktion kommt ihm äußerst seltsam vor. Er verbirgt sich hinter dem Vorhang, will auf gar keinen Fall gesehen werden. Wer weiß, worum es hier geht.

Vielleicht sollte er sich sofort wieder ins Bett legen und weiterschlafen, sagt er sich, als die kleine Gestalt über den Sandstrand eilt und versucht, sich fern von den Trailern zu halten.

Der Schreck fährt ihm schlagartig in die Glieder.

Er weiß nicht genau, weshalb er glaubt, dass es sich bei dieser Person um Deirdre handelt.

Man kann sie nicht erkennen, die Kapuze des Pullis verdeckt das Haar und wirft einen schwarzen Schatten über das Gesicht, zumal es stockdunkel ist.

Zudem wendet sich die Gestalt auch von den Trailern ab.

Ist es ihr Gang?

Ihre Größe?

Ihre Physiognomie?

Sind es ihre hellen Turnschuhe?

Niklas ist sich sicher – es ist Deirdre.

Er ist fassungslos.

Was tut sie um kurz vor Mitternacht hier draußen?

Sie mag doch gerade mal erst zwölf oder dreizehn Jahre alt sein. Sie sollte längst in ihrem Bett liegen. Sorgt sich denn niemand um sie?

Als er den Vorhang ganz beiseite schiebt, um sie besser zu erkennen, ist sie verschwunden.

Dann wird der Motor der kleinen Yacht gestartet. Wieder schnurrt er nur leise.

Die helle Silhouette des Bootes entfernt sich rasch aus der Bucht, steuert nach Norden, Richtung Head, und ist ebenfalls bald verschwunden.
Was hat das alles zu bedeuten?

Niklas zieht sich rasch an, eilt nach draußen.
Es ist stockfinster.
Er stolpert fluchend über ein herumliegendes Kabel, kann sich gerade noch am Wagen festhalten. Daves Stromversorgung für den Trailer, denkt er.
Vielleicht kann er Deirdre noch irgendwo entdecken, auf der Hauptstraße vielleicht, wo er sie das erste Mal gesehen hat.

Niklas fährt mit aufheulendem Motor die schmale Gasse zum Pub hinauf. Von dort raus aus der Häuseransammlung, auf die Hauptstraße, hin zu der Stelle, wo er sie vor Wochen am Straßenrand gehend entdeckt hat.
Aber sie ist nicht da. Und verdammt, seine Brille hat er auch vergessen.
So sieht er noch weniger in dieser Dunkelheit.

Wo soll er sie suchen? Sie kann doch nicht so weit gekommen sein – zu Fuß.
Sie *muss* hier irgendwo sein.
Er kurbelt die quietschende Fensterscheibe seines alten Volvos herunter und streckt den Kopf halb hinaus.
Vielleicht hat sie ihn bemerkt, seinen Wagen gehört und sich vor ihm versteckt. Oder ist in ein Auto gestiegen – wurde schon erwartet.
All diese Möglichkeiten ...

Er kann sie nirgendwo ausfindig machen, bremst mitten auf der Road, fährt auf die Grasnarbe, schreckt ein paar Schafe auf, die plötzlich in dem grellen Scheinwerferlicht auftauchen und erschrocken davonjagen, wendet auf dem vom wochenlangen Frühjahrsregen aufgeweichten Boden und rast zurück.

Allerdings nicht zum Trailer-Park, sondern daran vorbei, Richtung Malin Head, auf der Küstenstraße. Er will das Boot ausfindig machen, es muss an der Küste entlang fahren.

Es ist derselbe Weg wie zu Mary, denkt Niklas, er ist ihm also nicht unbekannt. Und doch kommt ihm nicht ein Kilometer bekannt vor. Wenigstens phosphoreszieren die Lichter der wenigen Bungalows und Cottages, die er nun passiert, ein wenig in den kohlrabenschwarzen Himmel, der unheilvoll über allem gespannt ist.

Als sich die Road fast an den Meersaum schmiegt, erinnert er sich, hier schon einmal gewesen zu sein.

Niklas hält an, stoppt den Motor, steigt aus, geht um den Wagen herum, macht ein paar Schritte auf das Ufer zu und blickt mit zusammengekniffenen Augen aufs Meer.

Aber dort ist kein Boot zu sehen. Nur eine tiefschwarze Weite, von der es kühl herüberweht. Nicht einmal das sanfte Wogen des Meeres kann er ausmachen, keine Wellenbewegung, nichts.

Er hält den Atem an, vielleicht kann er das Boot, wenn schon nirgendwo entdecken, so doch vielleicht hören. Er lauscht, schließt die Augen.

Ja! Aber ja! Er vernimmt das leise Motorengeräusch!
Das Boot muss schon etwas nördlicher unterwegs
sein.

Niklas steigt wieder in sein Auto und rast weiter.
Die Road wird schmal, eng, windet sich schlangenför-
mig. Abrupte Steigungen immer wieder. Bodenwellen.
Plötzliche Kurven. Er fährt sozusagen blind.
Jedenfalls kommt es ihm fast so vor. Und hier soll er
schon einmal gefahren sein?

Er fährt zu schnell, viel zu schnell.
Marys Haus kann eigentlich nicht mehr allzu weit ent-
fernt sein.
Aber er kann sich auch täuschen.
Dann taucht das Boot im Seitenfenster auf!
Ein kurzer Schimmer von milchigem Mondlicht, vom
Wasser aufgefangen und zurückgeworfen, lässt das
helle Boot einen Augenblick lang erscheinen.
Es fährt noch immer nördlich, will wohl doch ans
Head, vielleicht sogar weiter.

Er darf es nicht entkommen lassen.
Doch schon ist es wieder verschwunden.
Der Straßenverlauf, Mauern, Zäune und ansteigende
Hügel verdecken die Sicht aufs Meer.

In einem Anfall von Wut und Verbissenheit gibt er
noch mehr Gas, kann den Volvo kaum noch kontrollie-
ren und auf der Straße halten.
Er muss dieses Boot beim Anlegen erwischen! Aber
was, wenn es an keinem normalen Landungssteg an-
legt?

Gibt es das überhaupt, wilde Anlegestellen?
Warum denn nicht!
Kann es nicht überall anlegen, wo es tief genug ist?

Es könnte sogar wieder aufs offene Meer hinausfahren.
Oder wenden und zurückschippern.
Oder es kann *noch* weiter fahren, hinüber nach Fanad zum Beispiel, auf die nächste Halbinsel, und dort festmachen.
Was tut er hier eigentlich? Zu Land einem Boot folgen.
Ist das nicht ein ausgemachter Blödsinn?
Niklas sieht es nicht kommen, während seiner Grübeleien, kann auch nicht darauf reagieren. Er fliegt aus einer 90 Grad Kurve, in die er mit viel zu hohem Tempo hineingerast ist.
Der Volvo hebt ab, schanzt über einen kleinen Wall, kommt hart und scheppernd wieder auf, reißt Furchen in den weichen Boden, reißt auch einen maroden Zaun mit, der scheppernd gegen den Kühler kracht und die Motorhaube zerkratzt.

Niklas bremst schockiert, mit stockendem Atem.
Der Volvo wird herumgeschleudert.
Kein Baum! Jetzt bloß keinen Baum!, denkt er panisch.
Die Fahrt über dieses Stück Land, auf das er gerast, nein, geflogen ist, rüttelt ihn ordentlich durch.

Uraltes Gras und uralte Erde, Wellen und Hügel, über die er poltert und ruckelt, obwohl er auf die Bremse steigt wie ein Wahnsinniger.

Noch einmal schleudert es ihn herum, er hört auffliegende Steine gegen die Karosserie des Volvos schlagen.
Dann ist der Spuk vorbei und er kommt zum Stehen.

Der Motor heult auf, warum, weiß er nicht, oder doch, er hat ja den Fuß auf dem Gaspedal ... und einen auf der Bremse ... wie geht das? ... die Kupplung?, fragt er sich ... der Volvo ... ist er kaputt?... hat er ihn zu Schrott gefahren? ... ihm selbst ist zum Glück nichts passiert ... ach was, denkt er, bin auch schon fast Schrott ... kann nicht mal mehr Autofahren ... wo bin ich? ... was ist passiert? ... träum ich? ... nein, ich träume nicht ... die Scheiße hier ist kein Traum ... wo kommt das Hämmern her? ... mein Kopf, verdammt, ... das Boot, ja, das Boot ... Deirdre ... das Mädchen ... wo ist es? ... was hat sie auf dem Boot gemacht? ... wo ist es hin, das scheiß Boot? ... hab es verloren, verdammt ... sie auch ...
Bis ihm klar wird, dass er einen Schock hat.

Wie lange er so dagesessen hat, weiß er nicht.
Eine Stunde ... vielleicht zwei?
Jedenfalls wird die Wagentüre aufgerissen und Mary steht vor ihm, in Gummistiefeln, Mantel, und mit einer Taschenlampe, die ihm ins Gesicht leuchtet.
Er fragt, ob sie das höflicherweise lassen könnte oder ob sie ihn zusätzlich noch blind machen wolle.
Sie lächelt besorgt und zugleich erleichtert und sagt so etwas wie: Was er denn für Sachen mache mitten in der Nacht ...
Das wisse er auch nicht so genau, stammelt er.

Sie hilft ihm aus dem Wagen. Alle Knochen schmerzen ihn.

Er fragt sich verwundert, weshalb nur.

Das sei der Schock, erklärt Mary.

(Hat er seine Verwunderung über die Schmerzen gerade etwa laut ausgesprochen? Das ist ihm gar nicht bewusst.)

Haben wir uns unterhalten?, fragt er.

Mary blickt ihn nun wieder besorgter an, sagt: kommen Sie, und führt ihn weg von diesem Ort.

Aber der Volvo?, sagt er sorgenvoll.

Den retten wir Morgen, erklärt Mary, jetzt müssen wir uns erst einmal um Sie kümmern. Mary stützt ihn beim Gehen über den unebenen Boden. Er ächzt und murmelt irgendetwas vor sich hin. Mary schweigt dazu.

Nachdem sie ihn in Decken gewickelt vor den Kamin gesetzt hatte, er eine Stunde lang in das leise lodernde Torffeuer starrte und ein paar Tassen Tee getrunken hat, fragt sie, was er eigentlich zu dieser Stunde, mitten in der Nacht, hier draußen mit dem Wagen gemacht habe.

Er erzählt es ihr, Wort für Wort.

Sie hört ihm schweigend und mit ungläubiger Miene zu.

Hinter dem Haus bellt Jesper den Wind an. Oder auch nur den Fremden, den er schon einmal gewittert hat, und der jetzt mit seinem Frauchen im Hause ist.

Niklas ahnt, dass Mary ihm offenbar nicht glaubt und fügt hinzu, er habe zwar die Kontrolle über seinen Wagen verloren, nicht aber seine Urteilskraft. Er sei wohl kein junger Mann mehr, aber noch lange nicht senil. Es sei das Mädchen gewesen! Und ob sie, Mary, sich vielleicht erklären könne, was die Sache zu bedeuten habe?

Mary erwidert daraufhin, sie könne sich nicht vorstellen, dass es Deirdre gewesen sei, ausgeschlossen.
Sie erhebt sich, macht ihm schweigend im Gästezimmer ein Bett zurecht, verabschiedet sich, wünscht ihm baldige Genesung und geht nach oben.
Er weiß nun, was zu tun ist.
Mit der Gewissheit, Deirdre am Strand des Trailer-Parks gesehen zu haben, legt er sich in das muffige Bett und schläft irgendwann ein.

Am Morgen weckt ihn Jespers Bellen.
Blöder Hund, denkt Niklas.
Er klettert stöhnend aus dem Bett, hört die Knochen knacken, die Kniegelenke.
Zum ersten Mal sehnt er sich wieder nach seinem Bett. Nicht nach dem Matratzenlager in seinem Trailer, sondern nach seinem Bett zuhause.
Er kleidet sich leise an, öffnet das Fenster, um zu lüften, und schleicht noch leiser davon.
In der Diele findet er Notizblock und Kugelschreiber und hinterlässt Mary ein herzliches „Dankeschön!"

Der Tag ist noch kaum erwacht.

Über dem ungewöhnlich ruhigen Atlantik schwebt eine Art Dunst, geradezu unheimlich. Die Sonne ist noch hinter dem Horizont verborgen.
Der östliche Himmel scheint sie aber sehr bald zu erwarten. Ein sanft rötlich goldener Glanz schimmert dort schon wie ein leises Versprechen. Schon weit mehr als eine Ahnung von Licht.

Er entdeckt seinen Volvo, fernab der Straße, in der grünwelligen Landschaft stehen, tatsächlich wie hineingeschleudert in die Umgebung, und ist gerührt beim Anblick des alten Wagens, den er schon so lange fährt, der ihm schon so lange dient.

Die Reifen haben beim Bremsen dunkelbraune tiefe Furchen in den unebenen Boden gezogen.
Er versucht anhand der Furchen und Reifenspuren seinen Unfall von letzter Nacht zu rekonstruieren.
Hätte viel schlimmer ausgehen können, denkt er, erleichtert ausatmend.
Denn nur einige Meter von seinem Volvo entfernt ragt eine alte, gichtkrumme, knorrige, fast blattlose Eiche in die Höhe.
Volvo hin oder her, wenn es ihn um den Baum gewickelt hätte ... nicht auszudenken.

Also gut, alter Mann, sagt er zu sich selbst, du weißt, was du zu tun hast.
Er wandert hinunter, tief einatmend, saugt die kühle Morgenluft in die Lungen, spürt wie sie sie füllt, aufbläst, wie mit der frischen Atlantikluft neues Leben in ihn strömt, und mit ihm – Zuversicht.

Der Volvo springt sofort an.

Guter Wagen, sagt er laut und lächelnd, als spräche er zu einem Hund.

Jesper, hinter Marys Cottage, bellt noch immer.

Der Wind trägt das Gekläffe heran. Allerdings klingt es, als käme es von viel weiter her als von dort oben.

Er will duschen (aber vielleicht reicht ihm auch ein Bad im Meer) frische Kleidung anziehen, frühstücken.

Er sehnt sich nach schwarzem Tee, dunklem, herbem und rauem Tee, einem Tee wie diese Landschaft.

Niklas will sich rüsten für das, was kommt. Für das, was er sich vorgenommen hat.

Er wird alle seine Kräfte brauchen.

Vielleicht sogar ein wenig mehr ...

Niklas fährt langsam zurück, denkt nach, braucht Zeit, überlegt, wie er vorgehen wird.

Er bereitet sich innerlich auf das Kommende vor.

Die Sonne ist als halbe Kugel über dem Meer aufgetaucht.

So viel Licht, denkt er, soviel Kraft und Leben, soviel Schönheit. Und soviel Leid, über dem sie aufgeht und erstrahlt.

Das Meer im Osten glitzert golden.

Er kann den Blick kaum von dem gleißenden, glitzernden Wasser wenden.

Ein wenig Licht will ich in ihr Leben bringen, auch wenn meines dadurch ein wenig dunkler werden sollte, sagt er sich.

Wenn er ihr jetzt nicht hilft, verrät er alles, was ihm jemals wichtig war.

Und selbst wenn es dies „Früher" nicht gegeben hätte, müsste er hier jetzt eingreifen und helfen, seine Stimme erheben und handeln.

Er muss für dieses Mädchen einstehen, denn offenbar tut es niemand sonst.

Wenn er Deirdre nicht hilft, nachdem er nun einmal diesen Verdacht hat, dann taugt er zu nichts, dann ist er das Brot nicht wert, das er jeden Tag verspeist.

Ist die Luft nicht wert, die er atmet.

Er blickt in den Sonnenaufgang, trinkt ihn mit den Augen.

Es hat etwas Erhebendes, ungeheuer Trost spendendes und Mut machendes.

Was auch geschieht, sagt er sich, er muss ihr helfen – und er wird es tun!

Nachwort

Jedes 5. Kind in Europa wird Opfer sexueller Gewalt.

In Deutschland werden jedes Jahr, laut einer Dunkel-
ziffer, 300 000 Kinder sexuell missbraucht.

Nur etwa 15 000 Fälle werden bei der Polizei ange-
zeigt.

Davon landen lediglich 1% vor Gericht.

Liebe Leserinnen und Leser,

wie Sie sicherlich bemerkt haben, kommt dieses Buch ohne Seitenzahlen aus. Dies ist weder ein Versehen noch ein Gestaltungsfehler.
Wie das Tragen von Uhren am Handgelenk hindern Seitenzahlen in einem Buch den Fluss der Geschichte – takten ihn unangenehm, ja sogar manchmal störend.

Wir hoffen,
Sie konnten sich darauf einlassen ...

Solange wir Worte finden,
haben wir einen Weg.

Weitere Titel von Klaus Zeh

Prosa

Taxi *(Roman)*
Mozart oder der Fall des Harlekins *(Roman)*
Lisboa *(Roman)*
Trinity – Irische Begegnungen *(Kurzgeschichten)*
Hey Tonight *(Erzählung)*
Broker *(Roman)*
Strandhill *(Insel Novelle)*
Solange Worte atmen – Notizen aus dem Alltag

Lyrik

Die Leichtigkeit des Windes *(Ostsee-Gedichte)*
An Ufern aus Jade *(Bodensee-Gedichte)*
Pontoon – oder wann immer ich hier sein werde *(Ir-land-Gedichte)*
Lichtinseln *(Gedichte)*